MARIA BARBAL
Die Zeit, die vor uns liegt

MARIA
BARBAL

Die Zeit, die vor uns liegt

ROMAN

Aus dem Katalanischen
von Heike Nottebaum

DIANA

Von Maria Barbal sind im Diana Verlag erhältlich:
Wie ein Stein im Geröll
Die Zeit, die vor uns liegt

AC/E
ACCIÓN CULTURAL
ESPAÑOLA

Die Übersetzung wurde gefördert
von Acción Cultural Española (AC/E).

MIX
Papier aus verantwortungsvollen Quellen
FSC
www.fsc.org
FSC® C014889

Penguin Random House Verlagsgruppe FSC® N001967

Die Originalausgabe erschien 2021
unter dem Titel *Tàndem*
bei Edicions Destino, Barcelona.

Redaktion: Palma Müller-Scherf
Umschlaggestaltung: SERIFA, München
Umschlagmotiv: © Thinkstock/Stockbyte/Getty Images
Satz: Leingärtner, Nabburg
Druck und Bindung: Friedrich Pustet, Regensburg
Printed in Germany

ISBN 978-3-453-29265-9

www.diana-verlag.de

Meinen Freundinnen und
meinen Freunden

I

ARMAND

1

Immer fehlt uns etwas, und als Elena in mein Leben trat, fehlte es mir an fast allem. Ich lebte einfach vor mich hin.

Es war einer dieser launischen Frühlingstage gegen Ende März, an denen es kühl ist in Barcelona und windig, aber dann, gegen Mittag, dringt die Hitze in die unvorbereiteten Körper, und man muss zusehen, sich möglichst schnell aller überflüssigen Kleidungsstücke zu entledigen. Für gewöhnlich trage ich kein Sakko, denn ich gehöre zu den Menschen, die lieber etwas Bequemes anziehen, zumal sich Remei ihre Zeit zuletzt mit dem Stricken von Jacken vertrieben hatte. Vier Stück habe ich insgesamt, in verschiedenen Farben. Sie ist nicht an Krebs gestorben. Nein, es war keine lange Krankheit. Eines Nachmittags, sie hatte gerade mit der Arbeit an der fünften Strickjacke begonnen und gemeint, dass mir ja noch eine in Grün fehlen würde, hörte ich sie auf einmal sagen, der Schädel tut mir weh, genau so hat sie es gesagt, und dabei wie ein kleines Kind ihre Hand an die Stirn gelegt. Die Nadeln, mit denen sie bereits ein paar Reihen gestrickt hatte, waren ihr in den Schoß geglitten und, verwirrt und fassungslos, lief ich zum Telefon, um den Rettungsdienst zu alarmieren. Zum ersten Mal sah ich jemanden sterben, und es war ausgerechnet Remei, die Frau, in die ich mich vor viel zu langer Zeit verliebt hatte.

Um von meiner ersten Begegnung mit Elena zu erzählen, habe ich angefangen, über den Frühling zu schreiben und bin letztlich bei Remei gestrandet. Das war nicht meine Absicht. Ganz bestimmt nicht. Also beginne ich am besten noch einmal von vorn.

Wegen meiner Rückenschmerzen und weil ich auch über Schlafstörungen klagte, hatte mir mein Arzt empfohlen, es doch einmal mit Yoga zu versuchen. Also meldete ich mich für einen Anfängerkurs im Bürgerzentrum Cotxeres an, das im Stadtviertel von Sants liegt, in dem ich wohne. Als ich zum ersten Mal den Übungsraum betrat, stellte ich fest, dass ich unter einem guten Dutzend Frauen der einzige Mann war. Das gefiel mir zwar nicht unbedingt, aber in meinem Alter machte mir eine Situation, die vor einigen Jahren noch für Unbehagen gesorgt hätte, so gut wie nichts mehr aus, und mit der Zeit fühlte ich mich sogar recht wohl dabei.

Als mich Elena eines Morgens fragte, ob ich eine Tochter hätte, die auf die Estrella-Schule gegangen sei, so wie ihr Sohn, als er klein war, erinnerte ich mich kaum noch daran, dass ich vor langer Zeit einmal Vater gewesen war. Ich möchte allerdings klarstellen, dass mein Sohn am Leben ist, nur waren wir uns seit Remeis Beerdigung nicht mehr begegnet. Elena meinte, sich an ein Mädchen namens Sílvia zu erinnern, mit dem ihr Sohn Marc sich gut verstanden habe, aber sie sei jünger gewesen, ein oder zwei Klassen unter ihm. Ich erkannte, dass sie mich für den Vater dieser kleinen Sílvia hielt. Angeblich hätten wir mit unseren Kindern und anderen Müttern und Vätern einmal einen Ausflug in den Zoo gemacht. Während sie mir all das erzählte, sah ich in ein Gesicht voller Licht und in wunderschöne Augen, die es aber vermieden, mich direkt anzuschauen.

Für gewöhnlich lüge ich nicht, doch eine innere Stimme flüsterte mir zu, wenn ich ihr jetzt sage, ich sei nicht der Vater einer Sílvia, dann wäre alles vorbei, bevor es überhaupt angefangen hat. Später wurde mir allerdings bewusst, dass ich mich dadurch in eine Sackgasse manövriert hatte. Doch wie ich eingangs schon gesagt habe, es fehlte mir an fast allem. Ich denke, in gewisser Hinsicht kam mir die Lüge sogar zugute, denn wäre ich Elena nicht irgendwie bekannt vorgekommen, allein von meinem Äußeren, da mache ich mir nichts vor, hätte sie sich wohl kaum angezogen gefühlt. Um ehrlich zu sein, mir war Elena von Anfang an aufgefallen. Sie gehörte nicht zu den älteren Frauen der Gruppe, und ich fand ihre leicht rundlichen Formen sehr attraktiv. Auf eine ganz natürliche Weise sah sie um einiges jünger aus, als sie es in Wirklichkeit war.

Nach Kursende folgte ich ihr mit einigem Abstand und ohne bestimmte Absicht. Vielleicht hegte ich aber die Hoffnung, das Schicksal würde mir gnädig sein und mir eine weitere Begegnung mit ihr schenken. Nachdem sie eine Frau aus der Gruppe ein Stück begleitet hatte, verabschiedete sich Elena von ihr und betrat ein Café. Ich dagegen, erschrocken über diese glückliche Fügung, blieb nicht etwa stehen, sondern ging einfach auf dem Carrer Sants Richtung Plaça Espanya weiter und schaute dabei scheinbar interessiert in die Schaufenster, so als ob ich etwas suchen würde. Doch mit einem Mal fing ich an, mir eine Standpauke zu halten, ja sogar mich zu beschimpfen. Was war ich doch für ein Trottel, ich würde nie etwas haben, weil ich auch nicht einen Schritt tat, um es zu bekommen. Schließlich war ich dermaßen empört über mich selbst, dass ich auf dem Absatz kehrtmachte und zurück zum Café ging. Dort saß sie, trank einen Espresso, und als ich mich ihr näherte, schien sie, völlig gedankenverloren, gerade etwas vor sich hinzumurmeln.

Schon immer habe ich mich von Frauen angezogen gefühlt, die Kaffee ohne Milch trinken. Elena zeigte sich nicht überrascht von meinem plötzlichen Auftauchen. Sie erzählte weiter von ihrem Marc, und ich erfand das Leben einer Sílvia, die fürs Erste meine Tochter bleiben sollte, bevor ich sie dann nach und nach in der Versenkung verschwinden lassen würde.

Elena sprach also weiter über ihren Sohn. Er hatte den gleichen Beruf gewählt wie sie, er war Lehrer, und er lebte allein, sie sahen sich nur selten. Was meinen Sohn anbelangt, Antoni, so lebt er seit gut zehn Jahren im Ausland, in Großbritannien. Die letzten drei Jahre in Bournemouth, eine Stadt an der Südküste von England, gegenüber der Isle of Wight, und er scheint keinerlei Absicht zu haben, wieder zurückzukommen.

– Sílvia lebt in Deutschland.

Sie musste in einem anderen Land leben, keine Ahnung, wie ich darauf kam, aber da war es auch schon ausgesprochen. Ich hatte mich ganz spontan für Deutschland entschieden, genauer gesagt für

Köln, weil ich dort schon einmal gewesen war. Als Elena mir eine weitere Frage stellte und ich nichts darauf zu sagen wusste, konnte ich unser Schweigen förmlich spüren, aber diese Stille störte mich nicht, ich empfand sie sogar als angenehm, und einen Augenblick lang war ich wie verzaubert. Elena wiederholte ihre Frage nicht, auch sie schien sich wohlzufühlen, ohne etwas sagen zu müssen. Inzwischen hatte ich mir schon eine Vorstellung davon gemacht, was für ein Mensch sie war, und ich fühlte mich ein wenig benommen. Am merkwürdigsten aber war, dass sich das ganze Café abgesprochen zu haben schien, denn für einen Augenblick verstummten alle Gespräche. Ich drehte mich um, wollte sehen, ob irgendetwas Ungewöhnliches vorgefallen war, und da platzte es aus mir heraus:

– Wo du doch einen so liebenswerten Sohn hast, weshalb bist du dann so traurig?

Ein Schleier legte sich über ihre Augen. Grün sind sie, mit einem hellen Rostton. Damals war ich mir aber nicht sicher. Erst kamen sie mir nur grün vor, doch im nächsten Augenblick, als sie aufstand, schienen sie die Farbe des Herbstes anzunehmen.

2

Ich hatte mich mit dem Umziehen beeilt, denn ich wollte sie auf der Straße abpassen. Während der Stunde hatte es sich nicht ergeben, dass Elena und ich wieder Seite an Seite unsere Übungen machten. Ich hatte nur hinten im Raum einen Platz gefunden, aber während wir den Anweisungen lauschten, konnte ich sie immerhin anschauen. Sie strahlte Ruhe aus, und die Sonne, die an diesem Morgen durch die hohen Fenster in den Kursraum fiel, verlieh ihrem Haar den Glanz von Kastanien. Vielleicht war das ja ein gutes Omen.

Als ich nach dem Unterricht die Treppe hinunterging, gesellte sich eine der Damen zu mir – »Damen« sage ich prinzipiell zu allen Frauen, die älter sind als ich –, eine sympathische Seniorin, die anfing, mir von den positiven Auswirkungen des Yoga auf ihre Gesundheit zu erzählen. Gerade an diesem Tag hätte ich sie mir allerdings weit weg gewünscht, denn zwei Stockwerke tiefer hatte ich Elena auf der Treppe ausgemacht. Normalerweise brauchen Frauen ja länger zum Umziehen als Männer, und ich hatte zudem die ganze Umkleide für mich allein, war also immer schnell fertig, aber an diesem Morgen war Elena noch schneller gewesen. Während ich mit der alten Dame sprach, schoss mir durch den Kopf, dass sie mir vielleicht aus dem Weg gehen wollte. Da ließ ich alle Regeln der Höflichkeit außer Acht und fiel der begeisterten Yogaanhängerin ins Wort:

– Ich muss mich beeilen! Bis nächsten Donnerstag.

Mich beeilen, beeilen.

Als ich den Carrer Sants erreichte, konnte ich Elena nirgends ausfindig machen. Sie hatte sich in Luft aufgelöst. Ich wollte nicht Gefahr laufen, auf eine andere Kursteilnehmerin zu treffen, also überquerte ich schnell die Straße und machte mich auf den Heimweg. Als ich bei Vives vorbeikam, warf ich einen Blick in die Konditorei, und da entdeckte ich Elena, sah durch die Glastür ihren Rücken. Ich blieb vor der Auslage stehen, um auf sie zu warten, und merkte mit einem Mal, wie ich Appetit auf Süßes bekam.

Es gefiel mir, dass sie kein Wort über mein unerwartetes Erscheinen verlor und auch, dass sie mir von den Schokoladenkeksen anbot, die sie gerade gekauft hatte. Allem Anschein nach hatten wir beide denselben Weg. Es war windig, Wolkenungetüme trieben über unsere Köpfe hinweg und hoben sich vom strahlend blauen Himmel ab. Mal viel Licht, mal wieder etwas weniger. Trotz des Verkehrslärms und der Auspuffgase all der Fahrzeuge, die in beiden Richtungen an uns vorbeirauschten, hatte ich das Gefühl, endlich wieder durchatmen zu können, so als sei das Leben nicht einfach nur armselig, sondern würde auch für mich noch Schönes und Gutes bereithalten.

– Seit dem letzten Mal …

Sie schwieg noch immer und aß, vertrauensvoll wie ein kleines Mädchen, in aller Ruhe ihren Schokoladenkeks.

– … kann ich es kaum erwarten, mich wieder mit dir zu unterhalten.

Aber gleich hatte ich das Bedürfnis, mich zu korrigieren.

– … mit dir zusammen zu sein!

– Als ob ich Sophia Loren wäre!

Sie hatte das ziemlich laut gesagt, und ein Mann, der gerade an uns vorbeiging, drehte sich um. Wir fingen an zu lachen und blieben stehen, der Mann ging weiter. Als Elena aufhörte zu lachen, entdeckte ich links auf ihrer Oberlippe ein kleines Stück Schokolade. Ich wischte es sanft mit dem

Finger weg und zögerte die Berührung hinaus. Elena schaute mich unverwandt an, und ich fürchtete, gleich würde sie mir eine Ohrfeige verpassen.

– Worüber willst du denn reden? Über Yogastellungen?

Gerade als der Himmel sich wieder zu verdüstern drohte, sah ich bei dem Wort »Stellungen« mit einem Mal einen Lichtstreif am Horizont.

– Wir gehen besser an einen Ort, wo es ruhiger ist.

Ich nahm sie an die Hand und so schnell, wie wir gingen, dürften wir kaum fünf Minuten bis zu mir gebraucht haben. Ich fürchtete, sie würde mich wegstoßen oder böse anfunkeln, sie könne mich anblaffen, du bist wohl nicht ganz bei Trost. Zumindest mit einer Frage rechnete ich, aber wie ein Teenager, der mit einem Klassenkameraden den Unterricht schwänzt, folgte sie mir die Treppe hoch zu meiner Wohnung, und sie sagte kein Wort.

3

Unser Zusammensein hatte mich dermaßen aufgewühlt, dass wir uns die nächsten beiden Wochen nach dem Yoga zwar trafen, ich aber nicht den Mut aufbrachte, ihr vorzuschlagen, wieder mit zu mir nach Hause zu kommen.

Später dann schien Elena bereits vor dem Unterricht Bescheid gegeben zu haben, denn kein einziges Mal benutzte sie mehr ihr Handy in meiner Gegenwart. An unserem ersten Donnerstag hatte sie einen gewissen Ramir angerufen und ihm gesagt, er möge allein zu Mittag essen, es sei schon alles vorbereitet, sie würde nach dem Yoga mit Pilar etwas essen gehen, das hätten sie so ausgemacht. Der Name schien beiden sehr vertraut zu sein. Ich stellte ihr keine Fragen. Meine Gedanken schweiften ab zu der neuen Matratze, die ich erst vor Kurzem gekauft hatte, worüber ich jetzt mehr als froh war. Währenddessen bot ich ihr etwas zu trinken an und, nachdem sie dankend angenommen hatte, ging sie zum Fenster und öffnete es. Als ich aus der Küche zurückkam, saß sie auf dem Sofa. Mit einem Lächeln erzählte sie mir von ihren Jungen und Mädchen, von all den Knirpsen, die einen großen Teil ihrer Zeit ausgefüllt hatten, als sie noch unterrichtete. Vor weniger als einem Jahr hatte sie aufgehört zu arbeiten. Ihr Klassenzimmer war eine Welt im Kleinen gewesen, und mit den Kindern hatte sich jedes neue Schuljahr auch die Landschaft dieser Welt verändert. Dann waren ihre Schutzbefohlenen in die nächste Klasse gekommen, und sie hatte sich auf die neuen Fünfjährigen eingestellt.

In den ersten Tagen eines jeden Schuljahrs suchten ihre kleinen Schüler aus dem vergangenen Kurs sie noch auf dem Gang und kamen zu ihr gelaufen. Elena ihrerseits beobachtete sie im Pausenhof und erkundigte sich nach ihnen bei der Kollegin, die sie jetzt unterrichtete. Doch schon nach kurzer Zeit galt ihre ganze Fürsorge der neuen Gruppe, den Jungen und Mädchen, für die sie von September bis Ende Juni da sein würde. Sie fehlten ihr sehr, gestand sie mir, denn Kinder seien so voller Fantasie und Schönheit, eine Verheißung für die Zukunft. Und dann sagte sie noch:

– Die meisten von ihnen nehmen die Welt um sie herum mit wachen Augen wahr, doch manchmal ist da ein Kind, dessen Blick nur nach innen gerichtet ist, und diesem Kind wollte ich ein Lächeln entlocken, ihm Selbstvertrauen mit auf den Weg geben, auch wenn ich das ganze Schuljahr dafür brauchen sollte.

Ich habe als Aufzugsmonteur gearbeitet, und es wäre mir nicht im Traum eingefallen, ihr von Kabeln, Zahnrädern oder ähnlichen Dingen vorzuschwärmen. Es ist weiter nichts als eine Beschäftigung gewesen, eine Arbeit, die es mir erlaubt hat, mal hier, mal dort zu sein. Das lag mir, denn ich bin ein unruhiger Geist. Von den Hausbewohnern wurde ich stets sehnsüchtig erwartet und fast immer freudig begrüßt. Ganz zu schweigen davon, wenn ich mit meiner Arbeit fertig war und sie den Aufzug wieder benutzen, mit ihm hoch- und runterfahren konnten.

Während ich darüber nachdachte, saß Elena ganz still da. Und erst, als mir das auffiel, bemerkte ich auch, dass sie leise weinte. Mit einer Hand fuhr ich zärtlich über ihre Wangen und wischte die Tränen fort. Ich umarmte sie, wir schauten uns an und sagten kein Wort. Schließlich strich ich mit einem Finger, an dessen Spitze noch eine kleine salzige Träne haftete, über ihren Mund, zeichnete die Form ihrer Lippen nach, und dann küsste ich sie.

Alles hatte sich so abgespielt, als wären wir zwei erfahrene Schauspieler, die in jedem Augenblick wussten, was zu tun war. Als sie später ging, wollte sie nicht, dass ich sie begleite. Inmitten dieser nie da gewesenen Gefühle, die mich schier überwältigten, musste ich plötzlich daran denken, wie Elena am Mittag, kaum dass wir das Wohnzimmer betreten hatten, gleich zum Fenster gegangen war, um es zu öffnen, so als bekäme sie keine Luft. Einmal, als ich zum Skilaufen in Núria war, hatte ich einen Lawinenabgang miterlebt, eine ungehemmt herabstürzende Kaskade von Schnee. Und diese eine Geste Elenas hatte eine Gefühlslawine in mir zum Rollen gebracht. Eine Empfindung gab den Anstoß für die nächste, und all das, was sich in meinem Inneren über Jahre hinweg angestaut hatte, schlug wie eine weiße Masse über mir zusammen. Eine einzige Geste Elenas hatte so viel in mir ausgelöst! Aber sie hatte auch die Straße mit ins Zimmer hineingeholt, das Hupen der Autos und das Klingeln der Fahrräder, die Schritte und Stimmen der vorbeihastenden Menschen, den Geruch der Stadt.

Seit jenem Tag verbrachte ich die meiste Zeit zwischen unseren Treffen allein in meiner Wohnung, machte sauber und räumte auf. Ich warf alte Kleidung weg und Dinge, die mir verhasst waren, Dinge, von denen ich jahrelang umgeben gewesen war, ohne dass ich es geschafft hätte, mich von ihnen zu trennen. Alle gerahmten Fotos packte ich in eine Schublade, in der ich zuvor alte Bettwäsche aufbewahrt hatte. In wenigen Tagen erledigte ich das, was ich mir schon, wer weiß wie lange, vorgenommen, aber aus einem Unbehagen heraus nie in Angriff genommen hatte. Die übrige Zeit verwendete ich darauf, das Wenige zusammenzutragen, das ich nach und nach über Elena in Erfahrung gebracht hatte. Nie sprach sie länger über sich selbst, zog einen nicht ins Vertrauen, ließ höchstens einmal, je nachdem, worüber wir gerade redeten, eine Bemerkung fallen.

– Bei uns in Casau sagen wir dazu …

Ihre Kindheit hatte sie in diesem kleinen Dorf in der Nähe von Viella verbracht, später Pädagogik studiert und an drei verschiedenen Schulen mit den Allerkleinsten gearbeitet. Kinder, vor allem jüngere Kinder, übten einen ganz besonderen Zauber auf sie aus. Der Mann, den sie geheiratet hatte, stammte aus Barcelona und hatte in Viella seinen Militärdienst abgeleistet. Mit ihm war sie in die katalanische Hauptstadt gezogen. Dass sie verheiratet war, hatte sie nie erwähnt, aber es ließ sich unschwer erraten. In Barcelona hatte sie gleich eine Stelle gefunden, doch weil sie kleine Kinder unterrichten wollte, musste sie noch eine Zusatzausbildung machen. Als dann aber Marc geboren wurde, hatte sie aufgehört zu arbeiten, denn der Junge war zu früh zur Welt gekommen, und sie wollte ganz für ihn da sein. Das war auch schon alles, was ich nach den ersten beiden Donnerstagen herausgefunden hatte und nach den zwei Wochen, in denen wir uns zu unterschiedlichen Zeiten täglich gesehen hatten, sogar am Samstag und Sonntag. Über ihren Mann, bestimmt jener Ramir aus dem Telefongespräch, verlor Elena kein Wort. Vom ersten Tag an wusste sie, dass ich Witwer war.

Ich ging in die Bibliothek, aber nicht, um mir wie sonst Kriminalromane auszuleihen, sondern um Bücher über Pädagogik zu lesen. Der Bibliothekarin, die mich sicher schon einer ganz bestimmten Kategorie von Lesern zugeordnet hatte, war anzusehen, wie gerne sie mich nach dem Grund dieses neuen Interesses ausgefragt hätte.

Elena und ich, wir stellten uns gegenseitig keine Fragen. Wir schauten uns an, wir umarmten und wir küssten uns. Ich erforschte ihre Lust, und sie gab mir umso mehr zurück. Das war alles, was ich brauchte, und ihr ging es, so glaube ich, ganz genauso. Mir gefiel ihre Art, sich zu geben, denn zuvor, bei meinen wenigen Versuchen, eine Frau kennenzulernen, hatte ich immer endlose Verhöre über mich ergehen lassen müssen, und, schlimmer noch, wortreiche Geständnisse. Und jede Menge Präambeln. Es schien so, als müsse man gleich die ganze

Lebensgeschichte des anderen kennen. Elena und ich dagegen, wir passten gut zusammen, zusammen ging es uns ganz einfach gut, und so versuchten wir, möglichst viel Zeit miteinander zu verbringen. Ich will nicht leugnen, dass ich davon überzeugt war, zu viel vom anderen zu wissen, könne einem das Leben arg verkomplizieren. Deshalb verspürte ich damals auch genau den gegenteiligen Wunsch, ich wollte lieber nichts wissen.

4

Mein Wille, nichts wissen zu wollen, stand allerdings im Widerspruch zu der Tatsache, dass ich mir selbst sehr wohl Fragen stellte. Ich hatte kaum Verpflichtungen. Und sie?

Kurz nach unserem ersten Zusammensein hatte sich Elena das Haar so schneiden lassen, dass ihre Gesichtszüge besser zur Geltung kamen. Sie hatte ein kleines, rundliches Kinn. Die Kleider, die sie trug, schmeichelten ihr, und mir war bewusst, dass sie mir gefallen wollte. Aber schon bald wurde mir auch klar, dass es viel wichtiger für sie war, sich selbst zu gefallen.

Irgendwie hatte ich den Eindruck, dass unser Yogakurs abrupt zu Ende ging. Als die Lehrerin verkündete, wir hätten nur noch eine Unterrichtsstunde, musste ich schlucken. Kein einziges Mal hatte ich gefehlt, aber ich will gerne zugeben, dass, so gut mir die sportliche Betätigung auch tat, die

Yogaübungen letztlich nur zweitrangig für mich waren. Mit einem Mal fiel mir auf, dass Elena und ich uns immer an der Ecke Carrer Sants und Olzinelles verabredet hatten, ich aber gar nicht wusste, wo sie wohnte, und noch nicht einmal ihre Telefonnummer hatte. Was war ich doch für ein Riesentrottel.

Mir blieb nur wenig Zeit, um an ihre Adresse und ihre Nummer zu kommen, eine neue Verabredung auszumachen, was auch immer. Ich überlegte, wenn sie das nächste Mal bei mir wäre, könnte ich sie anschließend ja nach Hause bringen, statt angenehm müde im Bett liegen zu bleiben. Doch das würde eine Veränderung unserer Gewohnheiten bedeuten, und vielleicht hätte sie etwas dagegen einzuwenden. Von daher fasste ich den Entschluss, dass ich, sobald Elena, wie gewöhnlich nach einem flüchtigen Abschiedsgruß, die Wohnungstür hinter sich zugezogen hätte, mich blitzschnell anziehen und ihr folgen würde.

Aber an diesem letzten Unterrichtstag, ein strahlender Donnerstag, kam Elena nicht zum Yoga. Der Raum war in Frühlingslicht getaucht, und es herrschte das übliche Wohlbehagen, das durch die Fortschritte, die wir im Laufe der letzten drei Monate gemacht hatten, noch einmal verstärkt wurde. Die ganze Zeit über vertraute ich darauf, dass sie doch noch kommen würde. Ich stellte mir vor, wie sie den Raum betrat, mich einen Augenblick lang ansah und sich erst dann einen freien Platz suchte. Ich malte mir sogar aus, was sie machen würde, wenn dann gerade die Sonnengrußübung an der Reihe wäre. Unsere Kursleiterin legte großen Wert auf diese Abfolge verschiedener Stellungen und ließ sie uns für gewöhnlich am Ende der Stunde machen. Die letzte Übung, wenn man da überhaupt von einer Übung sprechen kann, galt der Entspannung. Aber Elena war nicht gekommen, und meine Nerven lagen blank. Die Lehrerin kam auf mich zu.

– Kann ich dir helfen?

Als ob mir jemand helfen könnte! Ich war verzweifelt.

– Nein, nein, ich muss nur was erledigen und bin deshalb ein wenig angespannt.

Die junge Frau lächelte mich an. Mir schien so, als sei es ein komplizenhaftes Lächeln. Hatte sie vielleicht etwas bemerkt? Eine Hoffnung machte sich in mir breit. Ohne jeden Grund war ich mit einem Mal davon überzeugt, Elena würde draußen auf mich warten, und es gelang mir, so zu tun, als würde ich mich entspannen.

Während Passanten aller Altersgruppen an mir vorbeihasteten, blieb ich mitten auf dem Bürgersteig stehen. Nach einer Weile überquerte ich den Carrer Sants und steuerte auf die Konditorei Vives zu, dann auf das Café vom ersten Tag. Immer wieder lief ich den Carrer Sants auf und ab. Doch schließlich, so als hätte mir ein kalter Wind jegliche Kraft genommen, machte ich mich auf den Heimweg. Elena stand im Hausflur. Ich schloss sie fest in meine Arme und sagte ihr, dass ich sie liebe.

5

Dann bekam ich einen Brief von meinem Sohn. Erst als ich mir die Brille aufsetzte und ihn las, konnte ich es wirklich glauben. Ja, es war ein Brief von Antoni. Er und seine Lebensgefährtin hatten ein Kind bekommen, und er lud mich ein, sie zu besuchen und um seine Frau und meine Enkeltochter kennenzulernen. Sie hatten ihr den Namen Margaret gegeben. Die ganze Nacht tat ich kein Auge zu. Jahrelang hatte ich versucht, mehr von ihm zu erfahren, von seiner Arbeit, seinen Freunden, seinen Freundinnen. Ich hatte ihm Briefe geschrieben und ihn angerufen. Seine Antworten waren immer kurz und mir irgendwie belanglos vorgekommen. Als Remei starb und er zu ihrer Beerdigung nach Barcelona kam, stand ich einem Unbekannten gegenüber. Vielleicht ging es ihm ja genauso. Mir wurde klar, mein Sohn war längst ein Mann, und wir hatten kaum etwas gemeinsam. Ich hatte immer gehofft, er würde mich zu sich einladen. Er wusste, dass ich gerne verreise, und ich brannte darauf, zu sehen, wo er arbeitet, was für ein Leben er führt. Aber er hatte mich niemals dazu ermuntert, ihn zu besuchen. Auch diese Tür musste ich schließen. Zumindest hatte ich es so empfunden.

Und dann, gerade als es den Anschein hatte, mir würde so etwas wie ein zweiter Frühling geschenkt, tauchte er mit einem Mal wieder in meinem Leben auf, Antoni, der Mann, der mich zum Großvater gemacht hatte. Aber nein, ich würde nicht hinfahren. Das dort war sein Leben, und überhaupt, dieser neue Status als Opa behagte mir nicht besonders.

Am nächsten Tag, zur gleichen Zeit, in der wir gewöhnlich zum Yoga gingen, traf ich mich mit Elena vor der Konditorei Vives. Sie trug ein hellgraues Kleid mit einem runden Ausschnitt, es betonte ihre schmale Taille und schmeichelte ihrer Figur. Ich eröffnete ihr, ich hätte ihr nicht die Wahrheit gesagt. Sie hob fragend den Blick, sagte aber nichts. Ich gestand ihr, dass ich gar keine Tochter namens Sílvia hätte, das sei eine Lüge gewesen, um mit ihr ins Gespräch zu kommen. Ich hätte einen Sohn, genauso wie sie, er heiße Antoni und sei gerade Vater geworden. Sie fing an zu lachen.

Wir gingen den Carrer Sants hinunter. Mir war, als wären wir Blätter, die über den Strom der Autos hinwegglitten. Und obwohl ich ein abschlägiges Urteil von Elena befürchtete, kam mir unser Schweigen, mitten im Gewirr der Stimmen und Schritte um uns herum, wie eine Wohltat vor. Am merkwürdigsten aber war, dass ich mich gerade in diesem Augenblick an etwas erinnerte, das ich viele Jahre lang aus meinem Gedächtnis verbannt hatte. Als wir noch ein Paar waren, das vertrauensvoll in die Zukunft blickte – wir bildeten wohl das, was man gemeinhin eine glückliche Familie nennt –, hatte Remeis zweite Schwangerschaft im siebten Monat ein jähes Ende gefunden. Antoni war gerade mal acht Jahre alt. Das Kind, das wir verloren, war ein Mädchen, und meine Frau klammerte sich an die bunten Kleidchen, die sie schon für die Kleine zurechtgelegt hatte. Sie wollte nicht mehr essen, nicht mehr sprechen. Eines Morgens raffte ich all die winzigen Kleider zusammen, die sie, tagaus, tagein, unentwegt umarmte, wusch und bügelte, und, als ich Antoni zur Schule brachte, warf ich sie draußen auf der Straße in einen Müllcontainer. Der Junge schaute mich groß an und fragte:

– Was machst du da, Papa?

Ich hielt seine Hand umklammert, fester als sonst, und wir gingen weiter. Keiner von uns sagte ein Wort. In der Nähe der Schule befreite sich Antoni mit einem Ruck von meiner Hand und rannte los, ohne sich von mir zu verabschieden. Ich weiß noch, dass ich für einen Moment wie erstarrt stehen blieb. Ja, ich hatte alles nur noch viel schlimmer gemacht, sehr viel schlimmer. Allerdings begriff ich das erst um einiges später. Ich vermute, ein Psychotherapeut hätte Remei helfen können, aber sie ging zu keinem. Ich, der sie so sehr geliebt hatte, fing an, das Leben mit ihr zu hassen. Mechanisch erfüllte ich meine Pflichten als Vater: Mahlzeiten, Körperpflege, Schule, Spiele. Antoni wuchs in einer freudlosen Familie auf. Er lebte zwischen einem Schatten und einem seelenlosen Roboter.

Tatsache ist, mit einem Mal musste ich daran denken, dass da ja ein kleines Mädchen unterwegs gewesen war. Ich hätte also durchaus Vater einer Tochter sein können, einer Tochter, der wir auch den Namen Sílvia hätten geben können, und dann wäre es Elena gegenüber gar keine Lüge gewesen. Die Gegenwart hatte mich zu einem Teil meiner Vergangenheit geführt, der bisher tief in meinem Inneren verschüttet war. Nicht so aber die Folgen. Mein Wille zu vergessen musste wie ein Berg aus Basalt in mir gewesen sein, dunkel und hart.

– Was macht es denn für einen Unterschied, ob man einen Sohn hat oder eine Tochter?

Elenas Stimme riss mich aus meinen Gedanken. Ich nahm ihre Hand, und wir gingen weiter. Kein

Wort brachte ich heraus, meine Kehle war wie zugeschnürt. Dass die Erinnerung unweigerlich Schmerz in sich birgt, dessen war ich mir nur allzu bewusst gewesen, und darum hatte ich auch immerfort nach tausend Möglichkeiten gesucht, mich nicht erinnern zu müssen. Die Vergangenheit auszulöschen, das war mein einziges Ziel gewesen. Die Filme, die Musik, die Bücher aus meinem Leben zu verbannen, einfach alles, was mich in diese Zeit zurückversetzen könnte. War ich zu einem Zyniker geworden? Gerade in dem Moment, in dem die Gegenwart mich noch einmal beschenkte, schlug mir wie ein Peitschenhieb ein eisiger Wind ins Gesicht.

Elenas Frage trug die Antwort bereits in sich. Ich war kurz davor, mich vor sie hinzuknien und mein Leben vor ihr auszubreiten. Aber gleich darauf kam mir das unpassend vor, absurd, sinnlos … Vielleicht war es aber auch nur die Erstarrung zu vieler Jahre, die mich davon abhielt. So sagte ich lediglich zu ihr:

– Mein Sohn ist Vater geworden, er lebt in Südengland. Willst du mich dorthin begleiten?

6

So merkwürdig mir das auch vorkommen mochte, Elena hatte mir zur Antwort gegeben, und es war ihr ganz ernst damit, dass sie zwar noch nicht wisse, ob sie mitkommen kann, aber gerne verreisen würde. Ich hatte ein klares Nein erwartet. Gründe, mich nicht zu begleiten, um die Familie meines Sohnes kennenzulernen, gab es genug, und jeder einzelne wäre mehr als nachvollziehbar, aber ich kannte Elena noch nicht wirklich. Sie schien niemandem Rechenschaft schuldig zu sein und überhaupt die Notwendigkeit von Erklärungen aus ihrem Leben verbannt zu haben. Ich begann mich zu fragen, wie ihr dies gelungen war. Hatte sie vielleicht so etwas wie ein Geheimrezept?

Als ob ich die Antwort heraufbeschworen hätte, begegnete ich noch am selben Tag einer Frau, die ich aus dem Yogakurs kannte und die ich oft im Gespräch mit Elena gesehen hatte. Sie hieß Pilar, und ich brachte sie gleich mit dem Namen in Verbindung, den Elena bei unserem ersten Treffen bei mir zu Hause als Vorwand benutzt hatte. Zu meiner Überraschung erkundigte sie sich nach ihr.

– Du musst dich nicht wundern, ich habe gespürt, dass da irgendetwas zwischen euch läuft. Ein paar Mal habe ich auch gesehen, wie ihr nach dem Yoga zusammen weggegangen seid, und das konnte kein bloßer Zufall sein. Und dann habt ihr euch manchmal auf so eine ganz bestimmte Art angeschaut. Elena kenne ich schon seit vielen Jahren, wir haben sogar an derselben Schule gearbeitet.

– Wenn das so ist … Hast du vielleicht etwas Zeit? Ich würde gerne mehr über Elena erfahren. Sie spricht fast nie von ihrer Familie, von früher. Ich weiß eigentlich nur, dass sie Lehrerin war und einen Sohn namens Marc hat.

– Einen Ehemann hat sie auch.

Das war kein Vorwurf, aber es klang irgendwie argwöhnisch.

– Das habe ich mir schon gedacht. Trinken wir etwas zusammen, Pilar?

– Du heißt Armand, oder?

– Ja.

Wir setzten uns in ein Café im Carrer Riego. Die meisten von uns, die im Bürgerzentrum einen Kurs besuchen, kommen aus dem Stadtviertel, und ich nahm an, dass auch Pilar ganz in der Nähe wohnte. Sie war groß und schlank, hatte eine jugendliche, etwas androgyne Figur und eine Vorliebe für Hosen und Hemdblusen. Ihr schwarzes Haar trug sie sehr kurz geschnitten. Im Yogaunterricht hatte ich beobachten können, dass sie gelenkiger war als die meisten anderen. Sie bestellte einen grünen Tee. Ich einen Kaffee.

– Was willst du wissen?

Ich musste lachen, denn fast hätte ich ihr mit einem einzigen Wort geantwortet: Alles.

– Lebt sie mit ihrem Mann zusammen?

– Und ob!

– Aber kommen sie auch gut miteinander aus?

– Also das … ich möchte nicht …

– Nur das, was du mir erzählen magst.

– Er ist ein sehr interessanter Mensch. Und ich würde sagen, auch ein gut aussehender Mann. Er ist Schriftsteller und noch dazu ein äußerst begabter, doch in letzter Zeit hat er Schwierigkeiten, einen Verlag zu finden.

– Ich versteh schon, klar. Aber sie sind zusammen …

– Ja. Ich fürchte, Elena hat niemals in Betracht gezogen, sich von ihm zu trennen.

– Natürlich nicht, klar. Aber er, was macht er oder was hat er gemacht, beruflich, meine ich?

– Er verdient sein Geld als Literatur- und Kunstkritiker, und er übersetzt auch aus dem Französischen. Er ist ein sehr gebildeter Mensch, und früher hat er für ziemlich viele Kulturzeitschriften und Tageszeitungen geschrieben.

Plötzlich spielte sich mein Abenteuer nicht mehr im luftleeren Raum ab. Elena und ich, wir waren nicht allein auf der Welt. Die anderen konnten uns sehen. Angefangen bei jemandem aus dem Yogakurs, der von unserer Beziehung Wind bekommen hatte. Ich war am Boden zerstört, ich glaube, das käme einer treffenden Beschreibung meines Gemütszustands ziemlich nah.

All dies hatte Elena mir verschwiegen, und deshalb hatte ich Hoffnung geschöpft und die Freude am Leben wiedergefunden. Doch jetzt wurde mir klar, dass ich dazu im Grunde kein Recht hatte. Es gab einen Ehemann, noch dazu einen Schöngeist, jemanden, den sie nicht verlassen würde. Ich fühlte mich lächerlich, weil ich alles um uns herum vergessen hatte, weil ich geglaubt hatte, wenn man die Dinge nicht anspricht, die Menschen nicht erwähnt, dann würden sie auch nicht existieren. Doch sofort hielt ich dagegen. Nein, ich war nicht lächerlich, weil ich alles andere ausgeblendet hatte, lächerlich war, dass ich einen solchen Gedanken überhaupt zugelassen hatte.

Und wenn schon, was machte es denn, wenn es da einen anderen Mann gab? Elena und ich, es ging uns gut miteinander.

In meinen müden Ohren hatte das uralte Lied der Verbote gedröhnt, mit dem ich meine gesamte Kindheit und Jugend über beschallt worden war und das selbst jetzt, als Erwachsener, noch immer in mir nachhallte. Das war wirklich lächerlich. Sich das ganze Leben lang nicht davon befreien zu können, das ganze Leben lang nicht einen einzigen eigenen Schritt zu wagen. Das ganze elendige Leben lang, und dein Körper, Elena, sollte mich davon erlösen? Und auch dein Schweigen?

– Ich vermute, keiner der beiden ist noch wirklich glücklich, aber du weißt ja, so eine Trennung fällt nie leicht.

Pilars Worte hatten mich aus meinen allzu trüben Gedanken gerissen und mir bewusst gemacht, dass ich nicht allein im Café saß. Vielleicht hatte sie auch bemerkt, wie sehr sie mich aus der Fassung gebracht hatte.

Warum? Warum bloß hatte ich Fragen gestellt? Warum bloß hatte ich mehr wissen wollen?

II

ELENA

1

Es war erst Frühling und doch schon ziemlich warm.

T-Shirts, leichte Hosen, der ein oder andere Rock. Ihre Sommerkleidung war ordentlich im Schrank verstaut. Die lebhaften Farben ließen sich gut mit Weiß kombinieren.

In der Vergangenheit hatte Elena meist Schwarz getragen, Grau oder Dunkelblau, doch diese Farben schlummerten jetzt ganz hinten im Kleiderschrank.

Sie dachte: viel zu viel Anziehsachen. Und gleich darauf: Wo wird all das irgendwann einmal landen?

Ein ähnlicher Gedanke ging ihr jedes Mal durch den Kopf, wenn ihr Blick auf die unzähligen Schallplatten, Bücher, Filme und sonstigen Dinge fiel, die Ramir und sie im Laufe ihres Zusammenlebens angehäuft hatten.

Schallplatten, die sie nie mehr auflegen wird. Bücher, die sie nicht vorhat, noch einmal zu lesen.

Filme, die sie sich kein zweites Mal anschauen wird. Dinge, dermaßen stumm, dass sie sogar vergessen hat, wie und warum sie einmal von ihnen angetan gewesen war.

Fotoalben, die sie sich gerade jetzt nicht ansehen möchte.

Als Elena ihre alten Pädagogikbücher weggab, für die sie keine Verwendung mehr hatte, meinte Ramir zu ihr, sie möge nur ja nicht auf die Idee kommen, auch nur eins seiner Bücher abzugeben. Bei Bedarf würden sie eben mehr Regale aufstellen.

Regale, die die Wände erstickten.

Elena holte einen Stapel zusammengelegter Sommerkleidung aus dem Schrank und brachte ihn zum Esszimmertisch. Hier hatte sie am meisten Platz, denn sie musste bloß die Obstschale zur Seite stellen. Durch die helle Haut ihrer schmalen Hände schimmerten kleine bläuliche Verästelungen, die sich bis zu den Fingern hinzogen. Elena hielt ein Kleidungsstück nach dem anderen hoch.

Die fuchsienfarbene Bluse, ein Erbstück ihrer Mutter, die sie nie anzog, von der sie sich aber nicht trennen mochte.

Eine kürbisfarbene Bluse, die sie auf dem Wochenmarkt erstanden hatte und die ihr gut gefiel.

Die Seidenbluse, die sie sich in Italien gekauft hatte, weiß mit einem schwarzen Muster.

Auch ihre Lieblingsbluse, in einem schillernden Meergrün, die ihr besonders gut stand. Diese Bluse legte sie zur Seite.

Und schließlich das Kleidungsstück, das sie nicht vergessen konnte. Ein himmelblaues Kleid mit kleinen Blumen in einem etwas dunkleren Blauton. In diesem Kleid war sie nach Ramirs Unfall in die Notaufnahme des Krankenhauses gefahren. Sie hatte kein Taschentuch dabeigehabt und ihre Tränen mit einem Zipfel des Kleides getrocknet.

Kummer und Wut.

Mit den Kleidungsstücken aus Baumwolle, Viskose und Seide vor sich, zogen die Jahre und Tage an Elena vorbei. Ein paar Sachen hatte sie zurück in den Schrank geräumt. Es waren die glücklichen und die ganz normalen Tage, die nun dort lagen. Einen sehr traurigen Moment dagegen hatte sie auf dem Tisch liegen gelassen.

Die meergrüne Bluse würde sie anziehen, wenn sie zum Yoga ging, wo man allerdings die Straßenkleidung gleich gegen einen Trainingsanzug austauschte. Nur um zum Yoga zu gehen? Ja, genau. Einfach nur, um zum Yoga zu gehen.

Vor dem Spiegel fand sie sich schön. Sie hatte sich die Haare gewaschen. Einen kurzen Augenblick lang lächelte sie ihr Spiegelbild an, und der einzige Mann der Yogagruppe kam ihr in den Sinn. Er war kräftig und nicht größer als sie. Sein wettergegerbtes Gesicht hatte meist einen ernsten Ausdruck, aber ab und zu lächelte er, und zwischen all den Frauen gab er sich ganz natürlich. Sie meinte, ihn oft dabei ertappt zu haben, wie er sie anschaute, aber vielleicht kam ihr das ja auch nur so vor. Doch wer weiß …

Angesprochen hatte er sie noch nie. Vielleicht würde er sie in der Bluse ja … Sie sah sich im Spiegel, betrachtete ihr Gesicht und ihren Hals und musste über sich selbst lachen. Sie lachte.

Mit dem Trainingsanzug und dicken Socken in einem Stoffbeutel und dem traurigen Kleid von jenem fernen Unfalltag in einer durchsichtigen Plastiktüte betrat sie das Arbeitszimmer, in dem Ramir vor dem Computer saß.

– Ich geh dann mal.

– Wohin gehst du?

– Zum Yoga.

– Ach ja …

Er fand sie nicht mehr schön. Er sagte ihr nicht, ich finde, du siehst heute irgendwie besonders hübsch aus. Sie wusste nicht, ob ihm überhaupt aufgefallen war, wie gut ihr diese Bluse stand.

– Bis später dann.

Er hob den Kopf und riss den Mund auf. Er gähnte.

2

Während sie die Treppe hinunterging, fragte sie sich, wann das alles vorbei sein würde. Seit einiger Zeit stellte sie sich immer wieder Fragen, von denen sie wusste, dass es darauf keine Antworten gab. Aber manchmal hielt sie mit ihren Zweifeln dagegen, Zweifeln, die wiederum eine Kette von neuen Fragen aufwarfen.

Wäre es von jetzt auf gleich damit vorbei? Oder ginge es ganz langsam, so wie bei den Knospen der Platanen? Erst sind sie nicht zu sehen, und dann, nach einiger Zeit, treiben die neuen Blätter aus, und mit dem Laub zeigen sich auch die Blüten. Und plötzlich stellt man fest, was für ein prachtvoller Baum da vor einem steht, obwohl er doch vor noch gar nicht langer Zeit völlig kahl gewesen ist.

Sie schlug den Weg Richtung Carrer Sants ein und dachte nach wie vor an die Platanen, aber sie stellte sich keine Fragen mehr.

Schließlich fallen die Blätter, die Äste kommen wieder zum Vorschein, der Baum nimmt abermals die Farbe der Erde an, und dann, gegen Ende Oktober, steigen junge Männer auf hohe Leitern, um ihn zu stutzen.

Sie war wie ein vom Sturm geschüttelter Baum und sehnte sich noch immer nach Windstille, selbst wenn sie nicht mehr daran glauben konnte. Warum auch hätte Ramir ihre Bluse auffallen sollen, warum auch hätte er ihr sagen sollen, dass er sie hübsch fand, oder wenigstens eine Spur von Unruhe, von Eifersucht durchblicken lassen?

Elena war überzeugt davon, dass es sich mit der menschlichen Natur verhält wie mit den Pflanzen, die während ihres Lebens einen Zyklus durchlaufen. Doch die Menschen können nicht einfach immer aufs Neue von vorne anfangen. Wann aber erlischt dann der Wunsch, glücklich zu sein? Der Traum von einem erfüllten gemeinsamen Leben, von einem liebevollen Miteinander, warum bedrängte sie dieser Traum noch immer?

Sie wollte gerade die Plastiktüte mit dem blauen Blümchenkleid in den Altkleidercontainer werfen, als eine dunkelhaarige Frau, die ein kleines, schniefendes Kind auf dem Arm trug, sie fragte, ob sie nicht die Tüte haben könne. Elena reichte sie ihr wortlos und ging schnell weiter.

An diesem Kleid würde sie einzig und allein das Salz der Tränen vermissen, die sie damit getrocknet hatte.

Nach und nach fanden sich die übrigen Kursteilnehmer ein, breiteten ihre Matten aus, setzten oder legten sich darauf. Die Yogalehrerin war noch nicht da.

Gerade an diesem Tag saß der einzige Mann der Gruppe auf einer lila Yogamatte neben ihr. Irgendwie … Elena erinnerte sich an einen Ausflug, der schon lange zurücklag, an einen Tag mit anderen Eltern, alle in Begleitung ihrer Kinder … und sie glaubte, in ihm den Mann wiederzuerkennen, der damals ein kleines Mädchen dabeigehabt hatte. Sie fragte ihn, ob seine Tochter vielleicht Sílvia heißen würde und auf die Estrella-Schule gegangen sei. An einem Samstag hatten mehrere Familien, eine ziemlich große Gruppe, einen Ausflug in den Zoo gemacht. Für gewöhnlich war es ihrem Sohn nicht leichtgefallen, Anschluss zu finden, und deshalb konnte sie sich gut daran erinnern: Marc und Sílvia hatten miteinander gespielt und viel Spaß gehabt. Er sagte Ja und sah sie dabei überrascht an, so als hätte er nie im Leben erwartet, dass sie ihn ansprechen würde. Nein, das hatte er nicht erwartet.

In diesem Moment betrat die Lehrerin den Raum, eine schöne junge Frau mit langem gewellten Haar und einem Mona-Lisa-Lächeln, und der Unterricht begann.

Nach der Stunde zog Elena im engen Umkleideraum der Frauen den Trainingsanzug aus und schlüpfte wieder in ihre Hose und die meergrüne Bluse. Pilar sagte ihr, wie gut sie ihr stehen würde. Gemeinsam verließen sie das Bürgerzentrum und trennten sich, bevor Elena den Carrer Sants überquerte.

Was hatte sie sich bloß dabei gedacht, die Bluse, nur um zum Yoga zu gehen und dann wieder direkt nach Hause? Sie hatte aber keine Lust, nach Hause zu gehen. Sie betrat ein Café und bestellte einen Espresso. Dort sprach sie in Gedanken mit sich selbst, überschüttete sich mit Vorwürfen. Wieso tat sie eigentlich nicht das, wonach ihr war? Alleine in eine kleine Wohnung ziehen, ohne Kleiderschränke und Regale voller Erinnerungen.

Wieder ganz von vorne beginnen.

Vielleicht würde es Ramir gar nichts ausmachen, oder vielleicht wollte er es sogar genauso wie sie.

– Im Grunde glaube ich, dass er mich braucht, aber vielleicht liege ich damit auch völlig falsch.

Den letzten Satz hatte sie ausgesprochen, allerdings eher gemurmelt als laut vor sich hingesagt, und erst da bemerkte sie, dass jemand vor ihr stand.

– Ich hab dich von der Straße aus gesehen. Die Lehrerin hat ja unser Gespräch unterbrochen … Darf ich mich zu dir setzen?

Sie erzählte ziemlich viel von Marc, er von Sílvia recht wenig. Dann hatten das Stimmengewirr der Gäste, das Geräusch der Kaffeemaschine, der Teller und Tassen ihr Schweigen überlagert. Elena hatte das Zuckertütchen geschüttelt, erst die eine, dann die andere Ecke umgeknickt, aber sie hatte es nicht aufgerissen.

Plötzlich schoss es ihr durch den Kopf, wie sie mit den Kindern in der Schule für jede neue Situation einen Satz gesucht hatte.

Ein Wechsel der Jahreszeit, ein neuer Schüler in der Klasse, die Freude über ein bis dahin unbekanntes Wort.

Für ein paar Augenblicke hatte sie ihre Gedanken schweifen lassen, so als wäre sie ganz allein im Raum, bis er sie auf einmal fragte, warum sie denn so traurig sei, wo sie doch einen so liebenswerten Sohn habe. Und damit fing alles an.

3

Einmal im Jahr, im Juni, traf sie sich mit ehemaligen Kolleginnen zum Mittagessen. Elena fühlte sich ihnen verbunden, sie blickten auf ähnliche Erfahrungen zurück, und mit einigen hatte sie sogar lange zusammengearbeitet.

Zur Begrüßung gab es ein großes Hallo, und danach besetzten sie einen Achtertisch. Alle trugen sie Sommerkleider, gemustert oder einfarbig, in leuchtenden Farben, eins war weiß. Elena hatte wieder die meergrüne Bluse gewählt und dazu eine schwarze Hose.

Das Restaurant, in einem ersten Stock mitten auf dem Passeig de Gràcia gelegen, war angenehm ruhig. Nachdem sie ihr Essen bestellt hatten, hörten sie nicht mehr auf zu reden. Sich überschneidende Fragen, kurze Antworten, einige ausführlicher.

Für einen Augenblick war Elena mit ihren Gedanken woanders, dachte an den Mann aus dem Yogakurs und ihre Begegnung im Café. Wie es wohl wäre, wieder von vorne anzufangen, dieser ganze glückliche Wahnsinn? Wenn sie davon erzählen würde, gäbe es sicherlich Frotzeleien. Vielleicht die ein oder andere Frage.

Eine der Kolleginnen, Teresa, hatte vor Kurzem ihren Mann verloren und lebte jetzt ganz für ihre drei Enkelkinder.

Pepita sollte am grauen Star operiert werden und war deshalb in Sorge.

Júlia, mit der sie viele Jahre zusammengearbeitet hatte, war mit einer Seniorengruppe auf den Kanaren gewesen und sagte, sie habe sich glänzend amüsiert.

Nur Mercè machte sie alle sprachlos. Nach vierzig Jahren Ehe hatte sie sich gerade von ihrem Mann getrennt.

– Wir hatten schon lange nichts mehr gemeinsam und, ehrlich gesagt, dieser ganze eingefahrene Alltagstrott, das war so was von deprimierend.

Nach einem Augenblick des Schweigens gab jede, außer Elena, ihren Senf dazu.

Die einhellige Meinung lautete, Mercè habe genau das Richtige getan.

Elena wiederholte für sich: Nichts mehr gemeinsam, Alltagstrott … Und sie ahnte, dass mehr als eine der Frauen doch Vorbehalte haben dürfte, diese aber für sich behielt.

Allen war es schon vor Jahren gelungen, einen Grund zu finden, um den einmal geschlossenen Bund fürs Leben nicht aufzukündigen. Was Ramir und sie anbelangte, traf dies jedenfalls zu, und der Grund, an seiner Seite zu bleiben, war ihr bislang überzeugend erschienen. Jetzt hätte sie allerdings nicht mehr sagen können weshalb, doch hatte sie auch nie mehr darüber nachgedacht. Bis vor ein paar Tagen.

War es wirklich ein überzeugender Grund gewesen, oder war es nicht eher der Erziehung geschuldet, die sie und die anderen Frauen von ihren Eltern, Großeltern und Lehrern erhalten hatten und die darin bestand, sich in Verzicht und Geduld zu üben? Nichts als die reine Angst. In ihrem Fall, so dachte sie, war es sicher ein Zeichen von Feigheit.

Sie beobachtete Mercè und sah, dass sie voller Leben war. Die Freundin sagte:

– Ihr könnt mir glauben, es ist gar nicht so schwer gewesen. Am Ende hat er zugegeben, dass auch er sich gerne verändern würde, aber er habe sich einfach nicht dazu aufraffen können.

Sich nicht aufraffen können.

Später, so wie bei all ihren Treffen, wurden jede Menge Anekdoten erzählt, Erinnerungen an die kleinen Schüler und Schülerinnen ausgetauscht, die die eine oder andere wiedergetroffen hatte. Längst waren sie zu jungen Männern und Frauen herangewachsen, mit unterschiedlichen, zum Teil recht überraschenden Berufen, und einige waren sogar schon verheiratet und hatten selbst Kinder.

Die Freundinnen dagegen bekamen von ihren ehemaligen Schülern immer zu hören, sie hätten sich gar nicht verändert.

Auch über Filme und Theaterstücke unterhielten sich die Frauen, über das, was sie gerade gesehen hatten. Oder das, was sie sich demnächst unbedingt anschauen wollten.

Ramir sah sich Filme lieber zu Hause an, vor allem, wenn Elena nicht da war. Seit Jahren schon ging sie alleine ins Kino. Hin und wieder verspürte sie das Bedürfnis dazu. Sie genoss die große Leinwand, das Ritual der Lichter und das Gefühl, umgeben von Menschen, die sie nicht kannte, ganz für sich zu sein. Sie hatte es sich angewöhnt, ins Kino zu gehen, wenn ihr danach war, und später dann über die Bilder, über die Handlung nachzudenken. Wenn ihr ein Film nicht gefiel, stand sie einfach auf und verließ den Saal mit einem befreienden Gefühl, nachdem sie jahrelang gedacht hatte, sich alle Filme bis zum Schluss ansehen zu müssen.

Ins Theater dagegen ging sie nie allein, das erschien ihr zu verräterisch, sie fühlte sich unbehaglich dabei.

Als die Freundinnen sich ebenso überschwänglich verabschiedeten, wie sie sich zuvor begrüßt hatten, wäre Elena gerne mit Mercè gegangen. Um mit ihr allein zu sprechen. Aber dann konnte sie sich doch nicht dazu durchringen. Am nächsten Tag dachte sie daran, sie anzurufen, um sich mit ihr zu verabreden, aber auch das tat sie nicht. Stattdessen öffnete sie langsam die Schublade, in der sie die Jahresalben einiger ihrer kleinen Schüler aufbewahrte. Das erlaubte sie sich ab und zu. Insgesamt waren es sieben Alben. Alle mit dem jeweiligen Vor- und Nachnamen beschriftet, mit der Klasse und dem Schuljahr. Sie waren grundverschieden, doch alle zusammen bildeten sie die Essenz ihres Wirkens, von ihrer Zeit als junge Lehrerin bis hin zu ihrer Pensionierung. Verschiedene Klassen, aber immer das gleiche Alter. Eine Sammlung von Seiten voller Wörter, Rechenarten und kleiner Aufgaben, voller Ausflüge und Erlebnisse, die mit Wasserfarben, Wachsmalern, Filzstiften oder Aufklebern in bunten Bildern eingefangen worden waren. Sie gehörten:

Einem Quim, der die Schule vor Ende des Schuljahres vorzeitig verlassen und sein Album nie abgeholt hatte.

Einem Rachid, der krank geworden war und dann die Schule gewechselt hatte oder mit seinen Eltern in eine andere Stadt oder ein anderes Land gezogen war.

Einer Anna, ein winziges Persönchen, die darauf bestanden hatte, dass Elena es als Erinnerung an sie behielt.

Einer Laia, ein schusseliges kleines Mädchen, das vergessen hatte, ihr Album mitzunehmen und es im nächsten Schuljahr nicht mehr abholen wollte.

Einem Max, der zu ihr gemeint hatte, zu Hause sei nur wenig Platz und die Eltern würden Papiere sowieso nicht aufbewahren.

Einer Meritxell, die mit ihrer Familie nach Andorra zurückgekehrt war.

Einer Irina, von der man nie mehr etwas gehört hatte.

Elena blätterte durch die Alben. Bei manchen Seiten stellte sie fest, dass sie seinerzeit einem Wort oder einer Farbe nicht genügend Beachtung geschenkt hatte, und musste lächeln. Sie erinnerte sich gut an diese Kinder, an ihre ganz eigene Lebensgeschichte, die damals noch kaum geschrieben war. Sie wünschte sich von Herzen, dass sie zu couragierten und glücklichen jungen Menschen herangewachsen waren. Und dann legte sie die Alben wieder zurück in die Schublade.

Die Erinnerung an das Essen mit ihren Freundinnen, die in den vergangenen Jahren schon nach wenigen Tagen verblasst war, ging Elena dieses Mal noch nach Monaten nicht aus dem Kopf.

4

Wann hatte sich ihr Leben dermaßen beschleunigt?

Tatsache war, die Zeit lief ihr davon. Die Zeit. Früher hatte sie nur kleine Hüpfer und Sprünge gemacht, doch dann immer größere Schritte. Irgendwann war sie losgestürmt und nach Jahren schließlich einfach an ihr vorbeigezogen. Elena aber war stehen geblieben, nicht mehr weitergegangen.

Wenn sie an diesem Punkt über ihr Leben nachdachte, dann waren ihre Erinnerungen nach Erfahrungen und Erkenntnissen geordnet. Ganz instinktiv hatte sie sich bis jetzt so zurechtgefunden. Aber sie erkannte, dass es ihr mehr und mehr an Sinnzusammenhängen fehlte. All die vielen Dinge in ihrer Wohnung kamen ihr zusehends wie Raumdiebe vor, die sie daran hinderten, Neues zu begehren. Mit ungläubigem Staunen betrachtete sie all das, was sie einmal gekauft hatte, weil es ihr schön oder nützlich vorgekommen war.

Bücher, Vasen, Bilder, Filme, Schallplatten waren jetzt weiter nichts als stumme Staubfänger, ein Ballast, den sie loswerden wollte. Sie hatte keine Lust, sie noch einmal zu lesen, sie noch einmal anzuschauen oder anzuhören.

Aber dann hatte sich ein neuer Gedanke in ihr breitgemacht. Eigentlich war sie es doch, die überflüssig war.

Die verrinnende Zeit war ihr Feind gewesen, ein Feind, der es darauf angelegt hatte, ihr die wenige Energie zu rauben, die ihr noch blieb und die bis vor Kurzem fast ausschließlich ihrem Sohn gegolten hatte. Und auch Ramir. Dachte sie an ihn, sah sie noch immer den sensiblen, poesiebegeisterten jungen Mann vor sich, der einmal die Liebe ihres Lebens gewesen war.

Würde sie mit Mercè sprechen, würde sie ihr sagen:

Dass sie ihren Dichter geheiratet hat und ihr Junge, ihr gemeinsamer Sohn, schon fünfunddreißig Jahre alt ist.

Dass sie keine Kinder mehr betreut.

Dass sie über jede Menge Zeit verfügt, diese aber viel zu schnell verfliegt. Vor allem die Jahre.

Dass sie jemanden getroffen hat, der ihr das

Gefühl gibt, lebendig zu sein. Nicht, dass sie sich in ihn verliebt hätte. Aber wenn sie mit ihm zusammen ist, fühlt sie sich einfach gut, kann sagen, was sie denkt, oder auch nur schweigen. Er sieht nicht unbedingt gut aus, ist aber keineswegs hässlich. Er hat ihr eine Lüge aufgetischt, um mit ihr ins Gespräch zu kommen. Und sie findet es amüsant, wie er redet.

Vielleicht würde sich Mercè darüber lustig machen, vielleicht würde sie ihr aber auch einen Ratschlag geben. Im Grunde war es doch ihr ganzes Leben, das sie in Erstaunen versetzte. Wie war alles gekommen? Weshalb hatte sie Entscheidungen getroffen, die eigentlich gar keine waren? Hielt auch die Freundin bisweilen Zwiesprache mit dem Tod, war er Teil ihres Lebens?

Elena fühlte sich außerstande, ihre unmittelbare Gegenwart in eine Form zu fassen, ihr eine Richtung zu geben. Die Anziehungskraft, die Armand auf sie ausübte, ihre Beziehung ohne Erinnerungen und Zukunftspläne, fast ohne Worte, stillte all ihre Bedürfnisse. Es war ihr nicht wichtig zu wissen, was in ihm vorging. Ihr genügte das Gefühl, seine Verbündete zu sein, beschützt und für vieles entschädigt zu werden. Genau genommen war es einzig und allein der Schlaf, der sie voneinander trennte. Sie schlief in seinen Armen ein, doch schon bald wurde sie von seinen Lippen, die ihren Körper erforschten, wieder zum Leben erweckt. Sie brauchte keine Worte, die irgendetwas erklärten oder eine neue Verabredung vorschlugen. Es war ihr genug, dass er sie vergötterte, ohne von Liebe zu sprechen.

So teilte sie die tägliche Routine mit einer Affäre, die keinen Raum beanspruchte, nur ein wenig Zeit. Zeit, die Elena zuvor allein verbracht hatte, sei es im Park, in einem Café oder in der Nachmittagsvorstellung im Kino. Die Zeit verrann nicht mehr so schnell, das Gefühl, von ihr betrogen zu werden, war nicht mehr so stark, und die Distanz, die Elena seit Jahren zwischen sich und der Welt empfand, kam ihr mit einem Mal nicht mehr so groß vor.

Der Grund dafür hieß Armand.

5

Vor dem Spiegel.

Bis vor Kurzem setzte sie alles daran, nur so lange davor stehen zu bleiben, wie sie brauchte, um sich zu kämmen oder die Gesichtscreme aufzutragen. Nicht eine Sekunde länger. Wenn sie aber an manchen Tagen gedankenverloren hineinstarrte, machte ihr das Spiegelbild heftige Vorwürfe.

Stumme Schreie, die in ihr widerhallten. Feigling, Feigling, verdammter Feigling.

Von Außenstehenden bekam sie oft zu hören, ihr Alter sehe man ihr nicht an. Die Arbeit mit Kindern hatte sie jung gehalten. Ihre Tage waren vom Geschrei, vom Schluchzen und Lachen der Kleinen erfüllt gewesen. Und auch von Metaphern. Der Mond, eine Scheibe Honigmelone. Der rote Mond, ein Stück Wassermelone. Die Blume, ein Schmetterling. Und manchmal war eine umgedrehte Eiswaffel der Hut eines Clowns. Die Worte waren frei, und sie flogen von hier nach dort und von dort immer weiter, um nur wenige Augenblicke später zu ihr zurückzukehren. Jeder Gegenstand war das, was er vorgab zu sein, und zugleich etwas ganz anderes. Sie war die Lehrerin oder ein kleines Mädchen, machte sie Miau, war sie der gestiefelte Kater. Noch war alles möglich. Mit den Kindern zu leben, wie sie und für sie, das war eine Bereicherung gewesen. Vielleicht hatte sie die Stille zu Hause ja als wohltuenden Gegenpol zum täglichen Stimmengewirr empfunden?

In jungen Jahren hatte sich Ramir zu Elenas Welt hingezogen gefühlt. Er schwärmte für ihr Gesicht, verglich es mit einer kleinen Sonne. Das winzige Grübchen an ihrem Kinn brachte ihn, wie er sagte, um den Verstand. Ihre ausdrucksvollen Augen. Dieses Lächeln. Er hatte ihr sein erstes Gedicht gewidmet, und die Art, wie er ihren Körper beschrieb, hatte Elena zutiefst bewegt. Kaum hatte sie die Anfangsverse gelesen, hatte sie sich verliebt. Die ineinander verflochtenen Worte, die verschwenderische Klangfülle, diese Gabe, Worte in Musik zu verwandeln.

Hatte sie sich vielleicht in die Gedichte und in seine Schwärmerei für sie verliebt? Wenn sie ihn jetzt betrachtete, wie er mit geschlossenen Augen zusammengesackt in seinem Sessel saß, stellte sie sich wieder diese Frage. Er schien entrückt von der Welt, von der Gegenwart, von ihr zu sein. Zumindest machte er diesen Eindruck. Mit Bestimmtheit konnte sie es nicht sagen, wohl aber, dass das Ganze schon viel zu lange so ging. Auch wenn seine Gleichgültigkeit, ob er sie nun empfand oder nicht, letztlich besser war als jedes Gespräch über irgendein Thema. Besser als jeder Vorschlag, etwas gemeinsam zu unternehmen. Elenas Bemühungen, miteinander zu reden, waren bei ihm immer wieder auf taube Ohren gestoßen.

Und dann, eines Morgens, als sie vor dem Spiegel stand, traf sie unvermittelt der Blick ihrer Mutter.

6

Elena hatte sagen gehört, dass Menschen, die uns besonders nahestehen, nach ihrem Tod manchmal auf ganz natürliche Weise zu uns zurückkehren. Sie nehmen in uns Gestalt an.

Sie machen sich unser Lächeln zu eigen.

Sie schauen durch unsere Augen und verlängern so ihre Existenz.

Aber was geschieht, wenn die Lebenden sich dessen bewusst werden?

– Sie sieht ihrem Vater von Mal zu Mal ähnlicher.

Als sie heranwuchs, hatte Elena diesen Satz oft zu hören bekommen, doch war er, wie fast alles, was die Erwachsenen zu ihr sagten, zum einen Ohr hinein und zum anderen wieder hinaus gegangen. Sie konnte nicht ahnen, dass diese Worte in ihr nachhallen würden. So war ihr von all den Bemerkungen und anderen, die später folgen sollten, als sie schon aufmerksamer zuhörte, haften geblieben, dass sie das Ebenbild ihres Vaters war, der Mutter dagegen in nichts ähnelte. Als sie deren Blick zum ersten Mal im Spiegel begegnete, kam ihr das von daher wie ein Trugbild vor, ein Gefühl, das aber, kaum hatte sie sich von der glatten, glänzenden Oberfläche abgewandt, gleich wieder verflogen war.

Aber später hatte es sich wiederholt.

Nicht jedes Mal, wenn sie sich wusch oder kämmte, sich die Ohrringe anlegte, die Haare föhnte … nein, nicht jedes Mal.

Eines Tages, sie hatte sich gerade zum Ausgehen fertig gemacht und war schon auf dem Weg zur Tür, da gaben ihr die Augen ihrer Mutter, die sich in ihre Gedanken eingebrannt hatten, etwas zu verstehen, das sie ihr zu Lebzeiten vielleicht gesagt hätte. Ihre Mutter war gegen ihre Heirat mit Ramir gewesen, doch jetzt würde sie ihr klarmachen, dass sie im Begriff stand, wieder einen Fehler zu begehen. Ihr Blick unterzog sie einem regelrechten Verhör. Wie kannst du Armand nur trauen, wo du ihn doch kein bisschen kennst? Siehst du denn nicht, dass er dich nur ausnutzen will, um dich dann fallen zu lassen? Wie kannst du es wagen, das Versprechen aufzukündigen, das du deinem Ehemann gegeben hast?

Elena hörte sich laut erwidern: Und er?

Und er, den sie so sehr bewundert hatte.

Jeden seiner Verse, jedes seiner Gedichte hatte

sie gelesen, ihn immer wieder angespornt. Bewirb dich für diesen Preis, ja, du hast ihn verdient.

Doch er war stets voller Zweifel.

Am Anfang ihrer Beziehung hatte Elena Angst gehabt, Ramir würde ihr eines Tages sagen, ich liebe dich nicht mehr, ich habe mich in eine andere Frau verliebt, in eine, die schreibt, so wie ich, in eine Schauspielerin, eine Fotografin … Sie war ja bloß eine Vorschullehrerin.

Dann wurde sie schwanger. Eine eigenartige Zeit begann. Zu lernen, von Kindern in der Einzahl zu reden. Es würde ihr Kind sein, ihr beider Kind. In seinen Versen hatte der Dichter ihre gemeinsame Welt von damals eingefangen, ihre gemeinsamen Sehnsüchte, das Licht, aber auch die Unsicherheit.

Das Kind nahm Elenas Gegenwart völlig in Anspruch. Durch den Erziehungsurlaub von ihren kleinen Schülern getrennt, blieb sie mit Marc allein zu Hause, und mit Ramir, sie drei, eingesponnen in den trägen Rhythmus der Säuglingswelt.

Ramir hatte seinen Gedichtband beendet und noch einmal überarbeitet, Elena hatte alle Gedichte in verschiedenen Versionen gelesen. Eins nach dem anderen. Dann paarweise. Schließlich alle auf einmal.

Mit Bleistift schrieb sie geläufigere Begriffe unter seine Verse, Farben, Ideen. Änderungsvorschläge.

Sie hatten gemeinsam darüber nachgedacht, wie

die Gedichte angeordnet werden sollten. Später dann hatte er sich das Ergebnis angeschaut, und beide hatten es noch einmal besprochen. Sie unterbreitete dem Dichter ihre Vorschläge stets mit einem fast demütigen Lächeln. Sagte er Nein, radierte sie, ohne einen Augenblick zu zögern, das, was sie angemerkt hatte, aus oder strich es einfach durch. Nach einer Weile überließ ihr Ramir erneut seine Gedichte, sie sollte die Verse ein weiteres Mal lesen, und manchmal akzeptierte er den Vorschlag seiner Frau, den er am Tag zuvor zurückgewiesen hatte.

Elena hatte ihn ermutigt, den Gedichtband für den Carles-Riba-Preis einzureichen, der wichtigste Lyrikpreis in Katalonien, der bestdotierte, der prestigeträchtigste. Einige Tage lang vermieden sie es, darüber zu sprechen, und kamen später doch wieder darauf zurück. Die Gedichte waren in Worte gefasstes Leben, bedeuteten Harmonie.

Und dann hörte Ramir am Tag der Preisverleihung mit einem Mal seinen vollen Namen, seinen Vornamen und beide Nachnamen. Gleich darauf den Titel seines Gedichtbandes, und es kam ihm so vor, als handele es sich um das Werk eines anderen, denn auf einen unerwarteten Vorschlag Elenas hin hatte er den Titel im letzten Moment geändert und sich noch gar nicht daran gewöhnt. Aber es war sein Buch, es waren seine Gedichte.

Ramir hatte gewonnen. Er hatte die höchste Dichterweihe empfangen.

Sie feierten es. Marc konnte schon lächeln und vor sich hin brabbeln. Sie waren vor Freude außer sich. Alle beide.

Er gab sieben Interviews. Zwei Fotografen und zwei Fotografinnen verewigten ihn. Er hatte abgenommen, machte Eindruck. Elena war glücklich.

Es war eine einzigartig schöne Erfahrung. Fast hatte sie sich so gefühlt, als ob … Fast hatte sie … Aber diesen Gefühlen wollte sie keinen Namen geben und auch nicht die Worte benennen, die sie in Ramirs Versen zum Leben erweckt hatte.

Auf den Erziehungsurlaub folgte der Sommer, und als Elena an die Schule zurückkehrte, konnte Marc schon krabbeln.

7

Man betraute Ramir mit einer wöchentlichen Kolumne in *La Vanguardia*, und in *Avui* besprach er regelmäßig Lyrik-Neuerscheinungen. Immer mehr Dichterkollegen suchten seine Nähe, oft auf Lesungen, an denen er in Barcelona, aber auch weiter weg teilnahm und zu denen ihn Elena fast nie begleiten konnte. So ging es mehrere Jahre, und Marc wuchs heran. Wenn Ramir von seinen Lesereisen nach Hause zurückkehrte, war er müde und erschöpft. Hinzu kam Elenas strikter Stundenplan in der Schule, und so tauschte er sich kaum noch mit ihr darüber aus, was er als Mitglied einer Jury oder auf seinen Lesungen erlebt hatte. Aber es ging ihm gut, er hatte Projekte.

Nach und nach glitt ihr Leben in die Routine ab.

Im Sommer, zu Ferien mit der Familie verdammt, fühlte Ramir sich wieder niedergeschlagen und antriebslos, saß vor einem weißen Blatt Papier oder einer nur halb beschriebenen Seite. Aber sie waren zusammen, und Elena versuchte, seine Angst zu beschwichtigen, die literarische Öffentlichkeit würde ihn als Dichter nicht mehr wahrnehmen. Bis Ramir dann im Herbst ein Angebot erhielt und er mit einem glücklichen Lächeln verkündete, »da fahr ich hin«, beflügelt von der Aussicht auf die Reise, von den Erfahrungen, die ihn erwarteten. Eine Lesung in Bilbao mit den ganz großen Namen der Literaturszene.

An jenem Tag erhielt Elena nicht den gewohnten Anruf ihres Dichters, er sei gut angekommen, alles liefe wie geplant. Später allerdings rief sie jemand anderes an. Die vier Dichter, die zusammen im selben Auto unterwegs gewesen waren, hatten einen Unfall gehabt. Alle hatten überlebt, aber Ramir musste in einem Krankenhaus in Zaragoza notoperiert werden. Er hatte einen Becken- und einen Oberarmbruch, doch er würde wieder gesund werden, kein Grund, sich zu sorgen. Sie fuhr sofort zu ihm. Sie trug ein himmelblaues Kleid mit kleinen Streublümchen in einem dunkleren Blau. Dort traf sie auf Ramirs Dichterkollegen. Der Mann, der sie angerufen hatte, war ein Bekannter Ramirs, den sie schon ein paar Mal begrüßt hatte. Sie gaben sich die Hand. Und die zwei jungen Frauen, so erklärte er ihr, seien verheißungsvolle Nachwuchstalente, die sie aber nicht kannte und die kaum den Mund aufmachten.

Trotzdem, die Mutter mahnt sie zur Geduld, und überhaupt, das führt doch zu nichts, einen Unfall aufs Tapet zu bringen, der schon so viele Jahre zurückliegt.

Mit Ramirs Gesicht auf dem dünnen Kopfkissen und seinem Körper zwischen den weißen Laken begann eine schwierige Zeit. Sie bestand aus einer nur langsamen Genesung und den vielen Worten, die zwischen beiden hin- und hergingen.

Elena hatte für sich allein geweint, bis all ihre Tränen versiegt waren, aber dennoch war sie damals davon überzeugt gewesen, dass man über alles reden kann. Auch über Eifersucht, über Liebe, über die Zukunft. Und so war sie es, die jedes einzelne Thema auf den Tisch legte, eins neben das andere, um es gemeinsam mit ihm von allen Seiten betrachten zu können. Ohne einer bestimmten Ordnung zu folgen, setzte sie sie Ramir vor. So wie man ganz unterschiedliche Gerichte auf dem Tisch verteilt. Er schien ihren Drang, das Bedürfnis, von all diesen Speisen zu essen und dann völlig übersättigt vom Tisch aufzustehen, nicht nachvollziehen zu können. Er hatte genug damit zu tun, seine persönliche Situation wieder in den Griff zu bekommen, waren Ramir doch nach und nach die

Verse abhandengekommen, so wie es jemandem ergeht, dem allmählich die Haare ausfallen.

Mit den Versen schien ihm auch jegliche Lebenslust verloren gegangen zu sein. Sie, seine Frau, hatte Mitleid mit ihm gehabt. Später dann war es an ihr, Mitleid für sich selbst aufzubringen, wurde ihr doch klar, dass Ramir im Grunde nur eins liebte, als Dichter zu gelten.

Eine Gruppe von Lyrikern kam regelmäßig zusammen, um sich zu vernetzen, um Wege zu finden, sich gegenseitig zu fördern. Ramir wurde wieder häufig eingeladen. Nachts kam er spät nach Hause. Elena musste an die Frage aus einem Lied denken. Wann entsteht Resignation im Leben?

Sie hatten einen Sohn gemeinsam, eine Küche, einen Tisch, Bücher und ein Bett.

8

Marc wuchs heran, Elena war an eine andere Schule gewechselt und hatte dort in Pilar eine gute Kollegin gefunden. Wie sich herausstellte, kannte sie Ramir schon von Kindheit an, doch dem maß Elena keinerlei Bedeutung bei. Pilar war resolut und sympathisch.

Später dann wurde Elena zur Direktorin ernannt, und ein Kollege, der ihr Konrektor war, verliebte sich in sie. Iker war jünger als Elena, voller Pläne und Lebensfreude. Marc mochte er sehr gern, nicht zuletzt, weil der Junge so empfindsam war, und darüber waren Elena und er sich noch nähergekommen. Die Kollegen schauten sich vielsagend an und schmunzelten, so als könne man sich aussuchen, ob und wann man sich verliebt. Elena hasste diese Neunmalklugheit. Es schien so, als ob sie alle, Pilar eingeschlossen, schon jetzt wüssten, wie das Ganze ausgehen würde. Elena ahnte, was ihnen durch den

Kopf ging, sie waren sich sicher, dass sie und Iker … Wegen der Sitzungen am Nachmittag kamen Elena und der Junge oft spät nach Hause. Wenn sie Ramir dort antrafen, saß er vor dem Computer, und er stellte weder Fragen, noch beklagte er sich. Manchmal kam es Elena so vor, als würde auch er vor sich hinlächeln, als wisse er Bescheid über die widersprüchlichen Gefühle, die in ihrem Inneren tobten. Wie auch immer, auf Ramirs Bildschirm waren so gut wie nie Verse zu sehen.

Ihre kleinen Schüler, die Unterrichtsprojekte und ihr Sohn füllten Elenas Stunden, ja fast ihr ganzes Leben. Sie schienen ihr die Kraft ewiger Jugend zu schenken, entfachten ihr Interesse an den kleinen und doch so wichtigen Dingen, weckten die Freude an der Sonne in ihr und die Träume vom Mond. Die Kinder gaben ihr so viel. Von ihnen lernte sie jeden Tag aufs Neue. Die Leerstellen in ihrem Leben zu füllen, das verschob sie immer auf morgen.

Aber Iker, angesichts der Entscheidung, die Elena getroffen hatte, beantragte seine Versetzung. Er hatte sich nicht geschämt, vor ihr zu weinen, und auch sie hatte geweint, doch nicht vor ihm. Sie hatte es zu Hause getan, und sie würde es wieder tun, allein oder sich dabei wie ein Teenager im Badezimmer einschließen. Ihren Kollegen aber würde sie beweisen, dass sie alle falschlagen. Sie gab ihre Ehe nicht einfach auf. Sie hoffte auch, dass Ramir früher oder später wieder der Dichter sein würde, in den sie sich einmal verliebt hatte. Sie suchte nach neuen Anregungen für ihn und sie als Paar. Eine Reise, ein Theaterbesuch, ins Kino gehen. Um ehrlich mit sich selbst zu sein, sie wartete auf ein Wunder. Marc brauchte immer jemanden, der für ihn da war, und sein Vater sah sich dazu nicht in der Lage. Der Junge schenkte ihm auch kaum Beachtung, zeigte nicht das geringste Interesse, wenn Ramir ihm etwas vorlas oder ihm vorschlug, gemeinsam etwas zu spielen.

– Du hast einfach ein glücklicheres Händchen mit Kindern, Elena.

Es folgten Jahre gezähmter Verzweiflung. Ihre Gedanken verfingen sich zuweilen in der Frustration, ohne dort jedoch allzu lange zu verweilen. Es gab unzählige Aktivitäten, in denen sie aufging.

Und überhaupt, das alles war schon so lange her.

Die Zeit hatte Elena ausgetrickst, bis sie ganz vergaß, dass sie eigentlich auf etwas wartete.

Ihr erster Eindruck war der einer vollgestopften, staubigen, unaufgeräumten Wohnung gewesen und, so als sei ihr die Umgebung vertraut, hatte sie ein Fenster geöffnet und zugelassen, dass die Geräusche der Straße die Stille des Raums vertrieben. Dann hatte sie sich auf das Sofa gesetzt. Während Armand zum Kühlschrank ging, um etwas zu trinken zu holen, hatte sie sich wieder an den Traum erinnert, aus dem sie am Morgen aufgewacht war. Sie befand sich auf einer Beerdigung. In einem Sarg aus unlackiertem Holz lag der Körper eines Mädchens mit rosigen Wangen. Ihr langes Haar war schön gekämmt, die Augen hatte sie geschlossen. Sie schien nur zu schlafen. Elena kannte dieses Mädchen nicht, und plötzlich war sie aus dem Schlaf hochgeschreckt.

Angesichts des offenkundigen Interesses dieses ihr letztlich doch fast unbekannten Mannes, wurde ihr mit einem Mal klar, dass ihr von früher fast nichts mehr blieb. Er hatte sie nach ihren kleinen Schülern gefragt, und ihre Sehnsucht nach den Kindern war so übermächtig geworden, dass sich ihre Augen mit Tränen füllten. Da hatte er sie sanft in die Arme genommen und zärtlich ihre Tränen fortgewischt, so als sei es ein beglückendes und liebevolles Spiel. Er hatte sie geküsst, und sie, plötzlich erregt, hatte seinen Kuss erwidert.

Allem Anschein nach floss doch noch Blut durch ihre Adern, Elena hatte es pochen gefühlt. Über Gefühle aber hatten sie nicht gesprochen. Sie waren nur zwei Körper, die sich gefunden hatten, nachdem sie der unbarmherzigen Sonne und einer trostlosen Sandwüste ausgesetzt gewesen waren, jeder seiner eigenen. Viel zu lange hatte es sie gedürstet.

III

EINE REISE NACH SÜDENGLAND

1

Ich hatte meinem Sohn geschrieben, uns zwei Zimmer in einem Hotel in Bournemouth zu reservieren. Falls möglich, in der Nähe seines Hauses. Die Antwort des Jungen ließ auf sich warten, und daraus schloss ich, dass er mich nicht in Begleitung einer Frau erwartet hatte. Bestimmt machte ich dadurch seinen mühsam ausgearbeiteten Versöhnungsplan zunichte. Er war Vater geworden, und deshalb schien sich Antoni dazu durchgerungen zu haben, mich zumindest vorläufig wieder in seinem Leben zu akzeptieren, und ich vermasselte es, indem ich mit einer fremden Frau bei ihm auftauchen wollte. Aber mir war es ungemein wichtig, dass Elena mich begleitete.

Schließlich kam sie doch, seine Antwort. Annie habe bereits ein Zimmer vorbereitet, in dem zwei Einzelbetten stehen. Er gehe davon aus, dass ich nichts dagegen hätte, auf dem Sofa im Arbeitszimmer zu schlafen und das Gästezimmer meiner Freundin zu überlassen. Ich antwortete ihm, wenn es keine Umstände mache, könnten Elena und ich uns ja beide in dem Zimmer mit den zwei Betten einquartieren. Ob es für ihn wohl komisch war, mich mit einer anderen Frau als seiner Mutter zusammen zu sehen? Nach ein paar Tagen antwortete er, alles sei bereit.

So wie damals.

Remei hatte eine Wiege mit Gitterstäben gekauft, ganz in Weiß, modern, denn, nachdem sie nach ein paar Jahren nicht wieder schwanger geworden war, hatte sie die von Antoni verschenkt. Alles war bereit. Auch die Babyhemdchen, ohne Nähte und Knöpfe. Ich erinnere mich noch, wie Antoni sie ungläubig angefasst hatte. So klein würde sein Schwesterchen sein? Remei zeigte ihm auch die Kleidchen. Ich glaube, sie hatte eins in jeder Farbe genäht, so wie sie mir später in allen Farben Jacken stricken würde. Ein Kleidchen in Weiß, eins in Rosa, eins in Himmelblau, eins in Grün … Auf jedes hatte sie zusätzlich ein Motiv genäht: Blumen, kleine Tiere, Früchte … Na ja, um ehrlich zu sein, ich kann mich nicht wirklich an die Kleidchen erinnern, denn, so schön sie auch aussahen, ich fing an sie zu hassen, als wären es stinkende Lumpen. Nur das rote habe ich ihr nicht weggenommen. Es war noch nicht fertig und lag nicht wie die anderen in der Schublade, sondern in ihrem Nähkästchen, sodass ich es übersehen habe. Dieses Kleidchen hat ihr niemand aus den Händen reißen können. Sie klammerte sich daran wie ein Schiffbrüchiger an einen morschen Mast, sie wiegte es in ihren Armen, und hatte sie geweint, trocknete sie damit ihre Tränen.

Ich hatte zu Antoni gesagt, wenn sein Schwesterchen erst einmal auf der Welt sei, herrsche bei uns zu Hause Gleichstand, zwei Männer und zwei Frauen, und dass es dann viel lustiger zugehen würde, eine von diesen Dummheiten, die man, ohne groß nachzudenken, von sich gibt. Alles war bereit für die Geburt, und Antoni kam zu den Großeltern. Auch meine Schwiegermutter ließ einen dieser Sätze fallen, die man sich besser verkneifen sollte. Sie meinte zu ihm, wenn er am nächsten Morgen aufwache, sei sein Schwesterchen schon da. Er wusste, dass wir sie Margarida nennen wollten.

Sie kam per Kaiserschnitt zur Welt, aber die Geburt überlebte sie nicht. Sie war wunderschön, hatte eine ganz helle Haut, blondes Haar und ein winziges rundes Gesicht. Wir waren ganz verzaubert von ihr. Remei verlor schier den Verstand, als man sie ihr aus den Armen nahm. Kein Wort, keine liebevolle Geste meinerseits konnte sie trösten. Von diesem

Augenblick an schloss sie sich ein in ihren Schmerz, ihren Verlust, und den Schlüssel warf sie fort.

Antoni mit seinen acht Jahren wäre sicherlich bereit gewesen, unser altes Leben wieder aufzunehmen. Er, seine Mutter und sein Vater. Und mir ging es wahrscheinlich genauso wie dem Jungen. Aber am Ende waren wir noch nicht einmal mehr zu dritt. Er und ich, wir zwei blieben alleine zurück. Remei lebte fortan in ihrer eigenen Welt. Doch ich, stur wie immer, war davon überzeugt, früher oder später würde sie auf die Liebe ihres Sohnes reagieren und auch auf die Liebe, die wir beide füreinander empfanden. Jeden Augenblick würde sie aus diesem Albtraum erwachen, und selbst, wenn sie dann nur eine traurige Prinzessin wäre, mit der Zeit würden wir ihr wieder ein Lächeln entlocken.

Doch Remei schenkte nur den Babykleidchen Beachtung. Sie streichelte und herzte sie, tränkte sie mit ihren Tränen, wusch und bügelte sie. Uns hatte sie vergessen. Tage, Wochen und Monate voller Hoffen und Bangen, dass sie wieder zur Besinnung kam. Ohne dass es mir bewusst gewesen wäre, begann es in mir zu brodeln. Irgendwann musste ich mir eingestehen, nichts hatte sich geändert, und ich verlor die Beherrschung. Eines Morgens raffte ich einfach die Kleidchen zusammen und als ich Antoni zur Schule brachte, warf ich sie auf der Straße in einen Müllcontainer. Obwohl ich ihn an der Hand hielt, befreite sich unser Sohn mit einem Ruck und rannte los, legte den restlichen Weg zur Schule ganz allein zurück.

Ich hätte mich anders verhalten müssen, aber mein Stolz war verletzt. Meine Liebe war nicht genug, um den Schmerz meiner Frau zu lindern. Sie sprach kein Wort, lachte nicht, aß kaum etwas, ihr Blick war nach innen gewandt, so als wäre ihr Leben ein leerer Getreidesack und sie würde immerfort auf die winzigen Körner starren, die am Boden übrig geblieben waren. Fast nie schaute sie mich oder den Jungen an. In der ganzen Wohnung suchte sie nach den Kleidchen, ohne dass sie uns auch nur ein einziges Mal nach ihnen gefragt hätte, und am Ende saß sie immer mit einem fassungslosen Gesichtsausdruck da. Ich glaube, das Verschwinden der Babykleidchen hat ihren Zustand nur noch verschlimmert.

Es wäre besser gewesen, nichts wäre bereit gewesen.

Wie vorgesehen landete der Flieger um elf Uhr auf dem kleinen Flughafen von Bournemouth. Die überschaubaren Räumlichkeiten ließen alles familiär und vertraut erscheinen, sogar das Gesicht meines Sohnes. Ich bemerkte allerdings, dass er sehr wohl überrascht war, wie sehr ich mich verändert hatte. Mein Haar war seit unserer letzten Begegnung fast völlig weiß geworden. Viele Jahre war das her, ich wollte sie nicht zählen. Im Gegensatz zu früher, als ich immer in einem Aufzug steckte oder in irgendeinem Keller, war mein Gesicht jetzt ziemlich gebräunt, weil ich viel mehr Zeit an der frischen Luft verbrachte, und etwas geschrumpft war ich bestimmt auch. Mein Sohn dagegen war nun ein gestandener Mann. Ich glaube, sie fanden Elena vom ersten Augenblick an sympathisch. Annie lächelte, und als wir ins Auto stiegen, legte sie ihr das Kind einfach in die Arme. Margaret war ein winzig kleines Wesen von gerade mal fünf Wochen. Antoni und ich setzten uns nach vorne, er auf den rechten Sitz, und natürlich fuhr er auf der linken Straßenseite, was mich am Anfang allerdings etwas verunsichert hat.

2

Das Haus bestand aus einem Erdgeschoss und zwei Stockwerken, aber es war recht schmal. Ringsherum gab es einen kleinen Garten mit einem winzigen Teich. Während die beiden Frauen mit der Kleinen und den Vorbereitungen fürs Mittagessen beschäftigt waren, blieben Antoni und ich, mit den Händen in den Hosentaschen, draußen stehen und wussten nicht recht, was wir mit uns anfangen sollten. Ich sehnte mich nach einer Zigarette, obwohl ich das Rauchen schon vor vielen Jahren aufgegeben hatte. Ich war der Erste, der schließlich etwas sagte.

– Was hältst du davon?

– Zumindest macht ihr euch nicht lächerlich.

– Was meinst du damit?

– Na, du weißt schon, das ganze verliebte Getue und so. Du siehst übrigens viel besser aus als beim letzten Mal.

– Ich bin aber ganz schön alt geworden.

– Mag ja sein, aber man merkt, dass du glücklicher bist.

Ich schaute ihn an.

– Ist das dein Ernst?

– Natürlich.

Nach dieser kategorischen Äußerung meines Sohns folgten wir Annies Aufforderung und gingen ins Haus. Die Kleine war eingeschlafen und das Mittagessen fertig. Es verlief in einer angenehmen Atmosphäre, aber beim Nachtisch verkündete Elena mit derselben Natürlichkeit, mit der sie zuvor das Roastbeef gelobt hatte, dass sie noch immer verheiratet sei.

Ich halte mich für einen modernen Mann, fortschrittlich, was Partnerschaftsfragen anbelangt, aber so viel Offenheit vor Fremden, damit tue ich mich doch noch schwer. Mein Sohn wechselte den Gesichtsausdruck, Annie lächelte. Dann, während ich vor stillem Entsetzen die Luft anhielt, wollte Elena sich besser erklären.

– Es ist ja nicht so, dass ich meinen Mann hintergehen würde.

– Aber weiß er denn, dass du mit einem anderen Mann in England bist?

– Ja.

– Und auch dass du mit diesem anderen Mann zusammen bist?

– So kann man das nicht sagen. Dein Vater und ich, wir kennen uns noch nicht lange, aber wir haben uns gleich gut verstanden, und dann hat er mich einfach gefragt, ob ich ihn nach England begleiten möchte, um seine Schwiegertochter und sein Enkelkind kennenzulernen. Er hat sich darauf gefreut, seinen Sohn wiederzusehen, und ich habe seine Einladung angenommen. Ich hatte ganz einfach Lust, mit Armand zu verreisen, und das habe ich meinem Mann auch so gesagt. Um genau zu sein, habe ich ihm erklärt, ich hätte vor, mit einem Freund aus dem Yogakurs nach Bournemouth zu fliegen, in den Süden von England.

– Und was hat er darauf erwidert?

– Er hat mich gefragt, ob ich ihm etwas vorkoche.

– Sonst nichts?

– Sonst nichts.

– Aber weshalb habt ihr euch denn nicht schon längst getrennt?

– Aus Feigheit, nehme ich an. Ich habe mir etwas vorgemacht, mir eingeredet, dass es zwischen uns irgendwann wieder so werden könnte wie am Anfang.

Ich meinte, das Schweigen brechen zu müssen, das sich nach Elenas Worten ausgebreitet hatte, obwohl es mir so vorkam, als ob auch Annie etwas sagen wollte. Ungeschickt, wie ich nun einmal bin, wechselte ich das Thema, vielleicht, um mich der

Feigheit anzuschließen, die Elena sich gerade eben zugeschrieben hatte. Ich redete über Yoga, beschrieb es als eine ernsthafte und tiefgründige Kunst, die nur den Anschein erwecke, einfach und gewöhnlich zu sein. Elena sprang mir bei. Wir gaben uns als zwei überzeugte Verfechter dieser meditativen Disziplin und lobten unsere Lehrerin in den höchsten Tönen. Ich merkte, wie mein Sohn mich nachsichtig anschaute. Den Nachmittag gaben sie uns frei und dazu einige Hinweise, um die Stadt zu besichtigen, vor allem die Steilküste am Ozean.

Großartig, ergreifend, imposant, ich weiß nicht, ob wir die treffenden Worte für die überbordende Natur rund um die Klippe über dem tosenden Ozean fanden, der sich aber in regelmäßigen Abständen für einige Momente auch immer wieder trügerisch ruhig zeigte. Es ist eine atemberaubende Landschaft. Ganz oben auf dem Felsen, am Ende der weitläufigen, von grünen Rasenflächen und unzähligen Pfaden durchzogenen Parkanlage, befindet sich ein spektakulärer Aussichtspunkt. Und weit unten das unaufhörlich von den Wellen bedrohte Stück Strand. Für uns waren das nie zuvor gesehene Bilder. Elena schien nicht genug davon zu bekommen. Ich legte meinen Arm um ihre Schulter und schaute sie an, während sie fast andächtig dem immer wiederkehrenden, großartigen Schauspiel der Wellen folgte.

Obwohl wir nach zwei kurzen Regengüssen klatschnass waren, fanden wir es einfach nur herrlich. Das ständig wechselnde Wetter war für uns ein einziges Fest. Die Wolken, flauschig wie weiße Wattebällchen, bauschten sich auf und verschmolzen miteinander, um sich nur Minuten später wieder aufzulösen und einem intensiven Blau zu weichen, sie versetzten uns regelrecht in eine euphorische Stimmung.

– Schau mal dort, nach links. Das muss die Isle of Wight sein.

Bevor wir uns wieder auf den Weg zu meinem Jungen machten, tranken wir in einem kleinen, gemütlichen Lokal noch einen Tee, dem wir allerdings nicht viel abgewinnen konnten. Und in der Hauptstraße kauften wir einen sündhaft teuren katalanischen Wein aus dem Penedès und eine Rassel für die Kleine.

3

Nach dem Abendessen – wir hatten uns schon um sieben zu Tisch gesetzt – sagte Annie, sie würde gerne für uns singen. Die Wortkargheit meines Sohnes war dieses Mal für eine angenehme Überraschung gut: Seine Frau ist ausgebildete Sängerin. Ergriffen lauschte ich ihrer herrlichen Stimme und schaute dabei immer wieder zu Elena, sah das Leuchten auf ihrem Gesicht. Und in Antonis Gesicht glaubte ich zu lesen, dass er dabei war, sich aufs Neue rettungslos in seine Frau zu verlieben. Wer weiß, ob Annies Darbietung nicht eher ihm als uns beiden galt. Wäre mein Herz das von Antoni gewesen, es hätte gebebt wie das eines Frischverliebten, und ich hätte mir nichts sehnlicher gewünscht, als mit ihr allein zu sein.

Aber es war Elena, die sich als Erste zurückzog. Sie sagte, sie brauche Schlaf. Mit der Entschuldigung, die Kleine müsse gefüttert werden, wünschte meine Schwiegertochter uns dann ebenfalls eine gute Nacht. Annie hat einen so liebevollen Gesichtsausdruck. Antoni und ich blieben allein zurück, und er vermied es, mich anzuschauen. Ich wusste, er hatte mir nicht verziehen, und nur, um irgendetwas zu sagen, erzählte ich ihm, ich hätte bis zu diesem Abend auch nicht gewusst, dass Elenas Sohn als Lehrer in einem Gefängnis arbeitet. Antoni zeigte kein großes Interesse, aber ich glaube, irgendwie freute es ihn, dass ich es zur selben Zeit wie er und Annie erfahren hatte.

Während meine Schwiegertochter sang, und das verschwieg ich Antoni, hatte ich ihn nicht nur als den Mann wahrgenommen, der er jetzt war, sondern auch wieder den kleinen Jungen vor mir gesehen und mich an seine schier unbändige Freude erinnert, an seinen Drang, einfach Spaß zu haben, damals, als das Leben es noch gut mit uns meinte.

– Was ist das für ein Lied, das Annie gesungen hat?

– Es heißt »Solveigs Lied«. Es stammt von einem norwegischen Komponisten, von Edvard Grieg.

Nach all der Zeit verstand ich nur zu gut, weshalb das Kind, das Antoni einmal gewesen war, mir weder meinen unerfindlichen Groll noch meinen Wutausbruch verzeihen konnte. Nicht nur, dass seine kleine Schwester gestorben war, hinzu kam, dass sich seine Mutter völlig in ihren Schmerz zurückgezogen hatte. Umso schwerer wog meine Verantwortung als Erwachsener, als Vater. Ich war mit meinem Sohn nicht im Reinen, und wenn ich ihn nicht bald um Verzeihung bat, dann würde er mich für immer aus seinem Leben verbannen, dann hätte ich als Vater endgültig versagt.

Um acht Uhr stand ich auf, und ich versuchte, leise zu sein, um Elena nicht zu wecken, die sich die ganze Nacht in ihrem Bett herumgewälzt hatte. In der Küche empfing mich Annie mit einem Lächeln, und mein Enkelkind mit seiner so rosigen Haut schien mich auf ihrem Arm gleichsam anzustrahlen. Annie reichte mir die Kleine und sagte, Antoni sei wie jeden Morgen joggen gegangen. Sie goss uns beiden eine Tasse Tee ein.

Ich wagte es nicht, mich zu bewegen, hielt die Luft an, bis ich mir dessen bewusst wurde und mit einem tiefen Seufzer ausatmete. Annie nahm mir das Kind wieder ab, legte es in einen Tragekorb und sah mich erwartungsvoll an.

– Ich weiß sehr wohl, dass ich ihn im Stich gelassen habe, aber ich weiß nicht, wie ich ihm das sagen soll.

– Genau so, wie du es gerade gesagt hast, mehr braucht es gar nicht.

Sie wusste Bescheid, und auch sie fand, ich müsse

mit Antoni reden. Und zwar dringend, das wurde mir wieder klar, ich durfte nicht länger schweigen.

– Wenn ihr einverstanden seid, würden wir heute gerne mit euch an einen Ort fahren, der uns besonders gut gefällt, nach Tyneham. Es ist nicht weit von hier. Das Dorf liegt an der Juraküste, östlich von Lulworth Cove.

Ich konnte nur daran denken, dass ich unbedingt mit Antoni sprechen musste. In diesem Moment hörte ich Elena ins Badezimmer gehen. Sie an meiner Seite zu wissen, ließ mich wieder etwas ruhiger werden.

– Eine sehr gute Idee.

– Antoni kann euch besser erklären, was es mit diesem Ort auf sich hat, aber allein wegen der Landschaft lohnt es sich schon, dorthin zu fahren.

Ich ging ins Schlafzimmer, um etwas Ordnung zu schaffen, und als ich wieder herauskam, während Elena sich fertig machte, stand mein Sohn bereits unter der Dusche. Und wieder sehnte ich mich nach einer Zigarette, obwohl ich doch schon vor über zwanzig Jahren mit dem Rauchen aufgehört hatte.

4

Wir fahren Richtung Poole, erklärten sie uns, das sei die größte Stadt in der Gegend. Unterwegs hielten wir in Wareham, um einen kleinen Rundgang zu machen und die beiden wichtigsten Kirchen zu besichtigen. Die Kleine war artig und unsere Stimmung bestens. Zwar hatte ich meine nächtlichen Grübeleien noch immer nicht ganz abschütteln können, doch jedes Mal, wenn mein Blick und der von Antoni sich trafen, meinte ich, eine Frage darin zu erkennen, eine Ermunterung. Es war ein klarer Tag, und es wehte nur ein leichter Wind.

Elena und Annie schienen sich prächtig zu verstehen. Ihre angeregte Plauderei flog hin und her und erinnerte mich an das Gezwitscher von Schwalben, wenn sie sich vor dem einsetzenden Regen den Unterschlupf streitig machen. Mal waren es die Worte der einen, mal der anderen, die unsere Schritte untermalten.

Auf der Weiterfahrt fasste Antoni für uns die Ereignisse zusammen, die auch Auswirkungen auf Tyneham gehabt hatten. Wir erfuhren, dass während des Zweiten Weltkriegs, angesichts der Bedrohung einer Invasion durch die Nazis, die Engländer die gesamte Küstenregion der britischen Inseln auf der Suche nach einem möglichen Landungsort für die Amerikaner erkundet hatten. Einer der in Betracht kommenden Orte lag an der Küste von Lulworth Cove, auf der Isle of Purbeck.

Annie und Elena unterbrachen für eine Weile ihr Schulausflugsgeplauder. Ich war dankbar dafür, denn diese auf allen Breitengraden anzutreffende Vertrautheit unter Frauen, von der wir Männer ausgeschlossen sind, ist mir irgendwie unheimlich. Wir stiegen aus dem Auto.

Die Schönheit der Bucht entlockte uns Ausrufe ungläubigen Staunens und ließ uns alle gleich darauf verstummen. Antoni setzte die Kleine in eine Babytrage, die er sich umschnallte, und im Gänsemarsch zogen wir los. Erst gingen wir am Ozean entlang durch den Sand, dann begannen wir den Aufstieg inmitten von grünem Gras. Oben angekommen, noch ganz erfüllt von der Landschaft, bat ich darum, meine Enkeltochter tragen zu dürfen. Ein Blick von Annie genügte, damit Antoni sich nicht widersetzte. Bald darauf erreichten wir Tyneham.

Es war ein wunderschönes Dorf, das sich allerdings damals, 1943, am falschen Ort befunden hatte und dadurch im wahrsten Sinne des Wortes zwischen alle Fronten geraten war. 225 Menschen hatten dort einmal gelebt, die meisten Familien vom Fischfang. Fast alle Häuser sind zu Ruinen zerfallen, nur die Kirche und die Schule hat man erhalten. Die Schule, ganz so, wie sie damals wohl gewesen sein mochte, mit dem Lehrertisch, den Landkarten, der Tafel, den Pulten der Kinder und all ihren Sachen. Als wir das Schulgebäude wieder verließen, glänzten Elenas Augen. Wir gingen weiter, und das Meer, die unermessliche Schönheit der Juraküste, lag die ganze Zeit vor uns. Aber wir befanden uns auf militärischem Gebiet und stolperten immer wieder über Schilder, die darauf hinwiesen.

– Die Einwohner von Tyneham hatten gehofft, dass sie nach Ende des Krieges in ihre Häuser zurückkehren könnten, aber das Dorf und die gesamte Umgebung blieben trotz aller Proteste Eigentum des Verteidigungsministeriums. Und daran hat sich bis heute nichts geändert.

– Ein Dorf, das man seinen Bewohnern gestohlen hat.

Ich glaube, Antoni befürchtete, ich würde anfangen, vom Spanischen Bürgerkrieg zu reden, von der Erfahrung unserer Familie, aber das tat ich nicht und Elena ebenso wenig. Sie kam auch nicht, wie ich es erwartet hatte, auf ihre eigene Erfahrung als Lehrerin zu sprechen, darauf, dass sie ja selbst unzählige Stunden in einem ähnlichen Klassenraum verbracht hatte.

Annie bat mich, ihr die Kleine zu reichen, die an meiner Brust tief und fest eingeschlafen war. Und dann legte ich meinen Arm um Elenas Schultern.

5

Wie schon am Abend zuvor, war sie die Erste, die sich zurückzog. Ihre Augen, zwei dunkle Monde, lächelten matt, als sie sagte, sie brauche unbedingt Schlaf. Das unaufhörliche Kommen und Gehen der Wellen, die Landschaft, das Dorf, dieser herrliche Tag, den wir gemeinsam verbracht hatten, all diese vielen neuen Eindrücke hatten auch mich überwältigt. Und doch hätte ich noch Bäume ausreißen können, denn es war mir gelungen, mit meinem Sohn zu sprechen. Nach dem Picknick am Mittag war es gewesen. Die Kleine lag im Kinderwagen, und die zwei Frauen waren wieder in eine ihrer angeregten Unterhaltungen vertieft. Mein Sohn und ich vertraten uns in ihrer Nähe gerade ein wenig die Beine, als ich all meinen Mut zusammennahm. Um ehrlich zu sein, ging ich das Ganze ziemlich ungeschickt an.

– Antoni, du hast ja mal eine Schwester gehabt, erinnerst du dich?

Er nickte lächelnd.

– Natürlich.

– Deine Mutter hätte dringend ärztliche Hilfe gebraucht, aber ich fühlte mich damals so was von hilflos.

– Ja, das denke ich mir.

– Wir haben dich geliebt, wir beide, aber die Reaktion deiner Mutter hat mich vollkommen überfordert.

– Mach dir keinen Kopf, das ist doch schon so lange her.

– Heute ist mir völlig klar, wie sehr ich versagt habe. Ich dachte, die Zeit wird es schon richten, und habe nur geschaut, dass es irgendwie weitergeht. Es tut mir so leid, vor allem für dich …

– Lass es gut sein. Ich bin dir dankbar, dass du es angesprochen hast, aber ich bin damit durch, und ich habe keine Lust …

– Ich will dir nicht mit Erinnerungen kommen, aber ich muss einfach wissen, ob du noch daran denkst, ob du mir verzeihen kannst.

Antoni packte mich bei den Schultern, und ich spürte, wie er mich ein klein wenig in die Höhe stemmte. Er ist stark und um einiges größer als ich. Schon im nächsten Augenblick stand ich wieder mit beiden Beinen auf der Erde, doch hatte ich dem Himmel einen flüchtigen Besuch abstatten dürfen.

– Ich selbst wüsste auch nicht, was ich in so einer Situation machen würde … Seitdem die Kleine auf der Welt ist, habe ich oft darüber nachdenken müssen.

Ich wollte ihm sagen, wie sehr ich ihm wünsche, seine wunderbare Familie möge ihm noch lange erhalten bleiben, aber ich brachte kein Wort heraus, spürte nur, wie mir plötzlich ganz leicht ums Herz wurde. Ich hatte nicht das gesagt, was ich eigentlich sagen wollte und auch nicht so, wie ich es gerne gesagt hätte, aber ich hatte etwas angesprochen, das viele Jahre tief in meinem Inneren versunken gewesen war, wie ein blindes U-Boot auf dem Meeresgrund. Wir hatten uns etwas von den Frauen entfernt und ohne dass wir uns abgesprochen hätten, beschleunigten wir mit einem Mal unsere Schritte. Wir ließen uns von ihren Stimmen leiten und kehrten zu ihnen zurück.

Ich dachte, wie seltsam es sich doch mit der Zeit verhält. Jeder weiß es. Die Zeit dehnt sich aus oder sie zieht sich zusammen, ganz beliebig. Doch nach wessen Belieben? Manchmal prescht sie los und verschlingt ganze Tage, als handele es sich um Köstlichkeiten in Reichweite eines hungrigen Menschen. Und dann wieder tritt sie plötzlich auf die Bremse und lässt Waggons in einer menschenleeren Gegend entgleisen, wo es kaum möglich scheint, es auch nur eine einzige Stunde auszuhalten.

Meine Gedanken kreisten um das Gespräch mit Antoni und ließen mich keinen Schlaf finden. Ich hätte schwören können, dass auch Elena noch nicht schlief, aber mit Bestimmtheit konnte ich es nicht sagen. Ich sehnte mich danach, sie zu umarmen, aber wenn ich für gewöhnlich auch nicht der Schüchternste bin, dort, in dieser fremden Umgebung, fand ich nicht den Mut dazu. Also hing ich weiter meinen Gedanken nach, ohne ihren Schlaf oder ihre eigenen Gedanken zu stören. Sie war schon vor einer ganzen Weile ins Bett gegangen.

Und ich kehrte zum großen Thema meines Lebens zurück, nur hatte sich jetzt die Perspektive geändert, ich hatte Angst vor dem Urteil. Richter und Angeklagter in einem, mir wurde klar, dass ich unter den gleichen Umständen noch einmal den gleichen Fehler begehen würde. Remeis Reaktion auf den Tod der Kleinen war mir immer bar jeglicher Vernunft erschienen. Sie hatte uns, die wir lebten, im Stich gelassen, um die Erinnerung an ein Kind hochzuhalten, das sie noch nicht einmal Zeit gehabt hatte kennenzulernen. Selbst jetzt kann ich mich von diesen Gedanken nicht befreien. Mit dem Rücken zur Wand hatte ich einfach das getan, was ich für richtig hielt. Ich war nicht davongelaufen, und ich hatte mich nicht gerechtfertigt. Vor wem denn? Und ich hatte niemanden um Hilfe gebeten.

Wen auch? Ich ging zur Arbeit und kümmerte mich um den Jungen und den Haushalt. Antoni ging zur Schule, zu seinen Großeltern, auf Wandertage … Das Kind wuchs heran, kam in die Pubertät, war schließlich ein junger Mann. Mit achtzehn Jahren zog er aus. Ich dachte, ich hätte alles getan, was in meiner Macht stand und sogar noch ein wenig mehr, aber dem war nicht so. Ganz im Gegenteil.

Ich versuchte, mich an die Melodie von »Solveigs Lied« zu erinnern. Es gelang mir nicht, doch ich sah wieder Annie vor mir, ihren schlanken Hals, das Lächeln in ihren Augen, die immerfort Antoni suchten, ihr duftiges, weizenblondes Haar. Ihre Stimme. Und dann muss ich wohl eingeschlafen sein.

6

Während des Fluges, Elena hatte nach einer kurzen Unterhaltung die Augen geschlossen, hielt ich die ganze Zeit ihre Hand in meiner. Sie hatte mir gesagt, die Reise sei eine wunderschöne Erfahrung für sie gewesen und dass sie meinen Sohn, meine Schwiegertochter und Margaret sehr mochte. Ich entgegnete ihr, das würde mich nicht wundern, schließlich sei ich der Hässlichste von allen vieren. Das brachte sie zum Lachen. Sie hatte Ringe unter den Augen, bestimmt hatte sie noch weniger geschlafen als ich, aber allem Anschein nach war sie nicht bereit, sich mir anzuvertrauen. Vielleicht zogen auf dem Weg nach Hause ja dunkle Wolken am Himmel ihrer neu gewonnenen Freiheit auf? Warum blieb sie auch nur bei diesem Idioten von Ehemann? Wohl kaum, weil er eine Trennung nicht verkraften würde. Was war das bloß für ein Typ …? Ich schaute aus dem Fenster, und all meine Vorbehalte verflüchtigten sich in dem strahlend weißen Wolkenungetüm vor mir. Ich konnte wahrlich niemandem etwas vorwerfen, aber im Fall von Ramir hatte ich große Lust dazu. Ich musste an einen Satz denken, den Elena einmal zu mir gesagt hatte, dass wir nämlich bei den wirklich wichtigen Entscheidungen immer ganz auf uns allein gestellt sind. Bestimmt war es dieser Gedanke, der zwischen uns stand, obwohl wir uns doch so nah waren. Schließlich schloss auch ich meine Augen.

– Brauchen Sie Hilfe?

Ein junger Mann sprach mich an, als ich versuchte, Elenas Koffer aus der Gepäckablage zu zerren, um ihn auf den Gang zu hieven.

– Das kann ich schon selbst.

Elenas Blick gab mir zu verstehen, wie unpassend meine Antwort gewesen war. Sie war es dann auch, die sich bei ihm bedankte. Ein Stechen im Rücken bestätigte mir, dass ich manchmal den Mund etwas zu voll nehme. Der freundliche junge Mann, etwa dreißig Jahre alt, war nun mit seinem Handy zugange, während ich mich weiter mit dem Gepäck abplagte. Ich nahm es ihm übel, dass er mich jetzt schon an mein Alter erinnert hatte, und dafür erhielt ich meine Strafe. Wenn ich es wenigstens noch bis zum Carrer Sants geschafft hätte, ohne meinen

Körper und mein Gesicht mit den Augen eines Fremden sehen zu müssen.

Auch im Bus, der den Flughafen von Girona mit Barcelona verbindet, saßen wir wieder nebeneinander, und Elena kam mir ein weiteres Mal damit, dass sie noch ein wenig schlafen wollte. Als sie mir dann auch noch ihre Hand entzog, konnte ich nicht mehr an mich halten:

– Bitte, Elena, verlass mich nicht.

Anstelle einer Antwort nahm sie wieder wortlos meine Hand. Erfreulicherweise gab es im Bus nur Zweierreihen. Ich beteuerte ihr, wie unglaublich wichtig es für mich gewesen sei, sie bei mir gehabt zu haben, ohne sie wäre die Reise nach England nicht die gleiche gewesen. Sie lächelte.

– Du brauchst dir keine Sorgen zu machen, Armand. Ich muss Entscheidungen treffen. Und von zu Hause weg zu sein, hat mir geholfen, mir über ein paar Dinge etwas mehr Klarheit zu verschaffen. Aber wir werden Freunde bleiben.

Freunde, Freunde … Weshalb kam mir das Wort in diesem Augenblick wie ein Trostpflaster vor? Als Jugendlicher, wenn dir ein Mädchen gefiel und du sie gefragt hast, ob sie mit dir gehen will, bekamst du manchmal so etwas zu hören. Dass ihr ja Freunde sein könntet und später würde man dann sehen. Wie ein Schlag in die Magengrube traf dich das, denn schließlich wolltest du sie küssen, den anderen verkünden, dass ihr zusammen seid, mit ihr in der Öffentlichkeit Hand in Hand gehen. Freunde?

Vielleicht hatte Elena geahnt, wie enttäuscht ich war, vielleicht hatte sie es in meinem Gesicht gelesen.

– Ich habe die Reise wirklich genossen, das musst du mir glauben.

– Aber jetzt bist du lieber wieder für dich.

– Was ich jetzt tun muss, das kannst du nicht für mich tun und noch nicht einmal mit mir.

Was für ein Wortspiel! Und was bin ich doch für ein Trottel. Ich bat sie um Entschuldigung, und ich küsste ihre Hand, die ich noch immer in meiner hielt.

7

Ich war gerade erst aufgestanden. Kaum zu Hause angekommen, hatte ich mich gleich ins Bett gelegt. Die lange Rückreise hatte mir zugesetzt, was ich allerdings nicht laut sagen würde. Zwei oder drei Mal war ich zwischendurch aufgewacht, hatte mächtig viel geträumt, und am Ende, die Augen schon geöffnet, wusste ich nicht einmal, wo ich mich befand, und das, obwohl ich auf die Wände meines eigenen Schlafzimmers starrte. Als ich es endlich schaffte, aufzustehen und ein paar Schritte zu tun, sah ich im Flur den Koffer stehen. Er bot ein merkwürdiges Bild, dort, mitten im Gang, so als würde er auf jemanden warten, der ihn wieder hochnimmt, um ihn an einen anderen Ort zu bringen. Es muss ganz schön langweilig für einen Koffer sein, wenn sein Besitzer nur selten verreist.

Ich rief Elena an, und recht wortkarg erklärte sie

mir, sie sei müde und wolle heute lieber zu Hause bleiben. Ganz so wie gehabt.

Erst als ich ihr Nein auf meinen Vorschlag, etwas gemeinsam zu unternehmen, einigermaßen verdaut hatte, packte ich den Koffer am Griff und rollte ihn vor die Waschmaschine in der Küche. Ich war davon überzeugt, dass fast alles, was sich in seinem Inneren befand, Wasser und Seife nötig hatte. Aber plötzlich war mir alles zu viel. Ich ließ den Koffer stehen, ging ins Wohnzimmer und setzte mich aufs Sofa. Die Wohnungsdecke schien auf mich herabstürzen zu wollen. Es rauschte in meinen Ohren, ich schwitzte. Der Lärm von der Straße, von den Nachbarn, all das machte mir nur allzu deutlich, dass ich nicht mehr in Bournemouth war. Ich fühlte mich so was von allein! Bei dem Gedanken an meinen Sohn musste ich für einen Augenblick lächeln, und ich schloss die Augen und sehnte mich nach dem Wind über den Klippen. Ich würde mich duschen und frische Sachen anziehen. Ich würde einen kleinen Spaziergang machen, um Obst zu kaufen und ein Brot, es war schließlich schon ein paar Stunden her, dass ich etwas gegessen hatte. Ich würde auch Elena noch einmal anrufen und sei es nur, um ihr ein paar Worte mehr zu entlocken. Etwas in ihrer Welt war während unserer Reise aus den Fugen geraten, und ich hatte keinen blassen Schimmer, was es war. Ich war verunsichert, mehr noch als zu Beginn, als ich kaum etwas von ihr wusste.

Nach einer Weile fand ich mich auf dem Carrer Sants wieder. Vertraute Gesichter und Dinge zu sehen, problemlos die Straßenschilder und Plakate lesen zu können und alles, zumindest fast alles, was ich hörte, auch zu verstehen, das ließ mich tief durchatmen. Langsam hielt der Sommer Einzug, und obwohl ich schon wieder in Schweiß gebadet war, die Vorstellung, in meinem Viertel zu sein, in Barcelona, erfüllte mich mit Zuversicht.

IV

RÜCKKEHR ZUR ROUTINE

1

Das Geräusch fließenden Wassers aus der Küche ließ sie innehalten. Sie war auf dem Weg zum Arbeitszimmer, aber … Ramir und Geschirrspülen? Sie kehrte um und betrat die Küche.

Es war nicht Ramir, es war ihr Sohn.

Was machte er hier zu Hause? Marc erzählte ihr, sein Vater habe ihn angerufen, er sei allein, fühle sich nicht gut und sie sei mit einem Kollegen aus dem … Der Vater habe nicht mehr genau gewusst, was sie da im Bürgerzentrum mache.

– Ja, ja. Aber wo ist er?

– In seinem Arbeitszimmer.

Elena ging zu ihm, und Ramir schaute kurz vom Bildschirm hoch.

– Schon zurück?

Sie hatte noch den Klang der englischen Worte im Ohr, sah die Gesichter der jungen Familie noch vor sich. Den Ozean, das verlassene Dorf. Die Schule.

Marc meinte, irgendetwas stimme nicht zwischen seinen Eltern – als ob das nicht offensichtlich wäre –, und sie sollten miteinander reden. Elena kam es so vor, als durchlebe sie einen Moment, der seit mehr als zwanzig Jahren überfällig war. Reden, zuhören. Ramir schwieg. Auch ihr war es lieber, nichts zu sagen. Sie hätte gerne etwas Zeit gehabt, um Abstand zur Reise zu gewinnen, zu all dem, was sie dort erlebt hatte. Zeit, um zwei Gespräche vorzubereiten. Eins mit Ramir und das andere mit ihrem Sohn, der gerade sagte, es sei ganz schön heiß und er würde sich ein Bier holen. Ramir wollte auch eins.

Bier.

Während Marc zurück in die Küche ging, setzte sie sich aufs Sofa. Sie bat ihren Mann, sich neben sie zu setzen, doch solange ihr Sohn nicht wieder mit dem Bier den Raum betrat, bewegte Ramir sich nicht vom Fleck.

– Jetzt will sie auch noch, dass ich mich zu ihr setze.

– So schlimm ist das ja nun auch nicht, Papa.

Sie versuchte, ihre Gedanken zu ordnen, während Ramir lustlos und schwerfällig auf sie zukam. Sein Hemd hing vorne aus dem Hosenbund. Auf der linken Seite unterhalb des Hemdkragens entdeckte sie einen Fleck. Ein Hemdknopf auf Brusthöhe drohte abzuspringen.

Marc hatte sich auf einen Hocker vor die beiden gesetzt.

– Es ist jetzt das dritte Mal, dass ich mich für einen Yogakurs im Bürgerzentrum eingeschrieben habe. Und jedes Mal habe ich davon erzählt, dich sogar animiert, auch mit irgendeiner Sportart anzufangen. Also, ich gehe zum Yoga, und unsere junge Lehrerin macht ihre Sache sehr gut.

– Da hast du es, Junge, deine Mutter, so präzise wie immer.

– Präzise? Es geht darum, dass du nicht einen Moment lang zuhörst, wenn ich etwas erzähle.

– Ha, da siehst du es … Was habe ich dir gesagt?

– Aber dann sag's doch, was hast du ihm denn gesagt? Was willst du denn sagen, komm schon? Dass wir uns eine Wohnung teilen, aber ansonsten wie zwei Fremde nebeneinanderher leben?

– Ihr beide seid ganz schön gereizt …

Gereizt. Ihr Sohn hatte den Nagel auf den Kopf getroffen. Genauso fühlte sie sich. Körperlich erschöpft und in Gedanken noch bei der glücklichen kleinen Familie in England. Sie war ja entschlossen zu reden, aber erst wollte sie duschen, etwas schlafen … Sie versuchte, sich wieder in den Griff zu bekommen, vielleicht könnte ja Marc, wo er doch da war, zwischen Ramir und ihr vermitteln.

– Warst du krank?

– Das hat dich doch noch nie interessiert!

Marc fragte Elena, ob sie jemand anderen habe, und Elena gab ihm zur Antwort, dass sie seine Art zu fragen nicht mochte.

– Also dann …

– Ha, ich hab's dir ja gesagt! Mit ihr kann man einfach nicht reden!

– Doch, das kann man sehr wohl, und das werde ich dir auch gleich beweisen.

Elena sagte, im Yogakurs habe sie einen Mann kennengelernt. Am Anfang hätten sie über ihre Kinder geredet, ein anderes Mal über ihre Hobbys. Und eines Morgens habe Armand ihr erzählt, dass sein Sohn Vater geworden sei und mit seiner Frau in Südengland lebe, und dass er sich schwer damit tue, allein dorthin zu fliegen … Ganz plötzlich habe sie große Lust verspürt, diese Reise zu machen, ihn zu begleiten.

– Wie schön!

– Dein Vater und ich, wir unternehmen schon lange nichts mehr zusammen, wir gehen nicht ins Kino und auch nicht ins Theater, machen noch nicht einmal einen Spaziergang zu zweit. Ich denke, wir haben überhaupt nichts mehr gemeinsam, und deshalb fühle ich mich auch nicht mehr an das Eheversprechen gebunden, das wir uns einmal gegeben haben.

– Aber sie soll dir auch ruhig mal sagen, warum das so ist!

– Sag du es ihm doch, wenn du es so genau weißt!

– Das kommt alles von deinem Stolz, Elena!

Vielleicht war es der Ton, den Ramir anschlug, ernst und geradeheraus, nicht spöttisch wie bisher, jedenfalls erwiderte Elena ihm nichts darauf.

Das Wort »Stolz«, wie eine schwere, glänzende Traube, die in ihrem Inneren verfaulte Beeren verbirgt, solche, die man nicht sieht, dieses Wort schnürte Elenas Magen zu und lähmte ihre Zunge, bis sie das saftige Fleisch herunterschlucken konnte. Die harte Schale hätte sie gerne ausgespuckt.

– Das erklär mir mal bitte.

– Hast du etwa geglaubt, ich hätte es nicht bemerkt? Seit diesem verfluchten Unfall damals hast du mir nie wieder vertraut. Du hast nur so getan als ob. Du hast gesagt, du würdest mir verzeihen, aber ich hab genau gemerkt, dass das nicht stimmt. Die stolze und von allen so geschätzte Lehrerin hat mich doch nie wieder bestehen lassen.

– Aber Papa …

– Wieder gesund werden musste ich ganz allein, sie hatte keine Zeit für mich, und unter dem Vorwand, ich müsse mich ja schließlich schonen, ist unser Liebesleben den Bach runtergegangen. Und später dann, als sie zur Direktorin ernannt wurde, tja, da war alles aus. Sie hat dich abgeholt und mit zur Schule genommen, und während sie Sitzungen hatte oder sonst wie beschäftigt war, mit dem Stundenplan oder den Abschlussprüfungen, hast du dort gespielt.

– Dir passte es ja nicht in den Kram, auf ihn aufzupassen. Du hast ja Ruhe gebraucht, um dich auf dein Schreiben zu konzentrieren, oder warst auf einer deiner literarischen Veranstaltungen!

Vor Marc wollte sie Ramir nicht daran erinnern, dass ihr Sohn von Anfang an Schwierigkeiten in der Schule gehabt hatte. Er war ein besonders sensibles Kind gewesen, unruhig und in sich gekehrt. Einmal pro Woche wurde er von einer Psychologin betreut, und Elena setzte alles daran, ihn wann immer möglich in ihrer Nähe zu haben. Er blieb bei ihr in der Schule, wenn sie und ihre Kollegen zu arbeiten hatten, spielte mit den Kindern anderer Lehrer, malte, während Iker und sie sich unterhielten. Es war immer Elena, die sich der besonderen Bedürfnisse ihres Jungen angenommen hatte. Sie war ganz darin aufgegangen, überzeugt davon, dass sie von Ramir, wenn überhaupt, eh nur sporadisch Unterstützung erwarten konnte, schließlich war er oft unterwegs, besonders abends, wenn sich in den Städten das kulturelle Leben abspielt. Vielleicht hätten sie mehr reden müssen, aber hatte sie ihn etwa daran gehindert, eine aktivere Rolle bei der Erziehung des Jungen zu übernehmen?

Wie einen Film hatte Elena in Gedanken alles noch einmal abgespult. Mittendrin aber war ihr bewusst geworden, dass Ramir recht hatte. Sie hatte ihm nicht verziehen. Sie hatte ein für alle Mal das Vertrauen in ihn verloren. Er nannte ihr Verhalten »Stolz«. Was auch immer es sein mochte, Elena glaubte längst nicht mehr daran, dass man über alles reden kann. Einmal hatte sie es getan, offen und freimütig, doch als Ramir dann begann, wieder sein altes Leben aufzunehmen, hatte sie sich endgültig hinter Marc und hinter ihrer Arbeit verschanzt. Der aufkeimenden Liebe zu Iker aber hatte sie sich verweigert. Nein, Ramir konnte sie nicht mehr vertrauen. War das Stolz?

– Seit dem Autounfall wusste ich, dass du mich betrügst. Wie lange schon? Mit welcher der beiden Dichterinnen bist du ins Bett gestiegen?

– Aber damit war doch Schluss. Ich war ganz aufrichtig zu dir.

– Und ich bewunderte, ich liebte dich, ich vertraute dir und plötzlich …

Ramir beharrte darauf, dass es ihr Stolz sei, immer wieder ihr Stolz. Sie könne ihm einfach nicht verzeihen.

Stolz. Und kein Mitleid.

Marc, den Kopf zwischen den Händen, schaute sie an.

– Hast du vor, mit diesem Mann aus dem Yogakurs zusammenzuleben?

Die harten Schalen der Weinbeeren saßen noch immer in ihrer Kehle fest. Sie antwortete ihm, sie wisse es nicht. Sie fand allerdings, sein Vater und sie müssten sich auf jeden Fall trennen, und auch, dass es wichtig für sie sei, allein zu leben.

– Da siehst du es, Marc. Jetzt redet sie, als gäbe es mich nicht.

Elena wollte Ramir gerade erwidern, dass er ja ebenso wie sie seine Meinung äußern könne, doch Marc ließ seine Mutter nicht zu Wort kommen. Da sie dabei seien, über wichtige Dinge zu reden, habe auch er ihnen etwas mitzuteilen.

– Es gibt da jemanden in meinem Leben, und ich bin glücklich.

– Mensch, Marc, wie schön, und warum bringst du sie nicht mal mit?

Dann kam, was Elena schon seit einiger Zeit geahnt hatte. Marc sagte, wenn er jemanden mitbringen würde, dann sei das ein »Er« und keine »Sie«.

– Dich überrascht das nicht, Mama, oder?

Einmal war er schon kurz davor gewesen, sich ihr anzuvertrauen, doch sie hatte es nicht hören wollen, war zu feige gewesen.

– Du willst also sagen, dass du auch homosexuell bist?

– Auch? Bist du es denn auch?

Marc lacht. Ramir empört sich, red doch keinen Blödsinn. Was er sagen wolle, jetzt werde viel über dieses Thema geredet, auch Prominente hätten sich ja dazu bekannt … Das sei nicht mehr so wie früher.

– Ja, Papa, da hast du recht, darüber wird viel geredet. Aber du, Mama, sag mal ehrlich, war es nicht auch aus Stolz, dass du mich im Stich gelassen hast?

Und wieder zerquetscht Elena eine Beere in ihrem Mund, und ein bitterer Geschmack breitet sich aus.

– Du jetzt auch! Das war aus Angst, weil ich nicht wusste, wie ich mich dir gegenüber verhalten sollte. Damit hatte ich in diesem Moment einfach nicht gerechnet, aber aus Stolz … Warum denn Stolz?

Noch immer spürt sie zwischen ihren Zähnen die Schalenreste und Kerne der Beere und wünscht sich nichts sehnlicher, als sie auszuspucken, aber sie kann es nicht.

– Komm schon, eine in jeder Hinsicht untadelige Frau wie du, und dann stellt sich heraus, du hast einen schwulen Sohn!

– Also, damit du es weißt, darin bin ich einer Meinung mit deiner Mutter!

Elena braust auf. Worin sind sie denn einer Meinung? Sie akzeptiert Marc so, wie er ist, auch wenn sie damals, als er sie ins Vertrauen ziehen wollte, nicht in der Lage war, ihm zuzuhören. Und sie weiß genau, dass das seitdem zwischen ihnen steht. Ramir grollt, noch nicht einmal in diesem Punkt will Elena ihm beipflichten, während Marc seiner Mutter versichert, dass er ihr sehr gerne seinen Freund vorstellen und die Vergangenheit ruhen lassen möchte.

– Ein Mann?

– Ein Mann, ja! Ein Mann, der mich liebt und den ich liebe ... Mit allem, was dazugehört, mit Leib und Seele!

– Wann immer du willst!

– Ja, Elena, jetzt mach ruhig einen auf modern!

Marc schlägt vor, gemeinsam etwas essen zu gehen, er sei hungrig, aber Ramir erklärt, er habe erst einmal genug von all dem Palaver.

– Komm schon, Papa! Hast du dich nicht bei mir darüber beklagt, dass du nicht weißt, was mit Mama los ist? Jetzt hat sie es dir ja gesagt, und du hast ihr zu verstehen gegeben, was du darüber denkst, und auf dieser Basis könnt ihr doch weiterreden.

Plötzlich hält sich Elena die Hände vors Gesicht, versucht, so gut sie kann, ihre Tränen zu verbergen. Schließlich aber steht sie auf und verlässt den Raum.

Ramir meint zu seinem Sohn, dass Frauen immer glauben, mit Tränen ließe sich alles in Ordnung bringen, woraufhin Marc ihm entgegnet, ihm würden Tränen keine Angst machen. Im Gegenteil, Weinen sei gesund, ein Ventil für den Schmerz.

– Und solche Gedanken nützen dir was im Gefängnis?

– Ich lerne dort mehr von den Gefangenen als sie von mir.

– Und was, bitte schön, können dir Menschen beibringen, die gestohlen, vergewaltigt oder sogar jemanden getötet haben?

Elena ist wieder zurück. Sie hat den bitteren Speichel heruntergeschluckt und sich das Gesicht gewaschen. Die langärmelige Bluse hat sie gegen ein T-Shirt getauscht.

– Gehen wir?

– Geht ruhig. Ich bleibe hier.

– Mensch, Papa, komm schon. Es ist wichtig, dass ihr miteinander redet.

– Glaubst du?

– Ich stell dir Lluís vor, wann du willst.

– Ich muss das erst mal verdauen, das mit dir, das mit euch beiden!

2

Draußen auf der Straße traf es Elena wie ein Schlag. Ihr war, als würde die Hitze über sie herfallen und mit ihr der Lärm und die Betriebsamkeit der ganzen Stadt. Sie ging neben Marc, der jetzt schwieg, und sie sehnte sich nach der englischen Sprache zurück, nach der atemberaubenden Landschaft der letzten Tage.

Es war ein Fehler gewesen, das Gespräch mit ihrem Sohn so lange hinauszuzögern, das war ihr längst klar. Doch all die Jahre ohne eine Aussprache mit Ramir, dieser Fehler erschütterte sie so sehr, wie es der Blick vom Rand der Klippe in den Abgrund getan hatte. Stolz? Dieses Wort war viel schlimmer als die Weinbeeren mit ihrer harten und bittersauren Schale. Sie bekam es nicht mehr aus dem Kopf, es hatte sich in ihr festgekrallt.

Nachdem sie das Essen bestellt hatten, begann Marc begeistert von Lluís zu erzählen. Wie er war, was er besonders an ihm mochte. Elena erfuhr, dass sie sich im Gefängnis kennengelernt hatten. Ja, Lluís war im Gefängnis gewesen und dort ein Schüler ihres Sohnes.

– Aber ich bin derjenige, der immer wieder etwas von ihm lernt.

Elena hätte ihren Sohn gerne gefragt, weshalb Lluís im Gefängnis gewesen war, aber sie traute sich nicht. Stattdessen fragte sie ihn, ob sie zusammenleben würden. Ja, seit zwei Monaten, und niemals sei er so glücklich gewesen.

Marc meinte von sich selbst, er ähnele seinem Vater, baue ständig Luftschlösser, ganz anders als Lluís, der mit beiden Beinen fest auf der Erde stehe. Sie sprachen über Ramir.

Elena hatte keinen Hunger.

Marc konnte nachvollziehen, wie sehr sie unter der Untreue seines Vaters gelitten hatte, doch dass man so viele Jahre mit einem Menschen zusammenlebt, der einen enttäuscht hat und den man nicht mehr begehrt, das konnte er nicht verstehen.

– Aber ich finde, jetzt, in eurem Alter, solltet ihr versuchen, das wieder in Ordnung zu bringen.

Plötzlich musste Elena an das Panzermuseum denken. Sie hatten gerade Tyneham besichtigt, als inmitten dieser so einmaligen und friedlichen Landschaft ein Hinweisschild auf das Militärmuseum auftauchte.

Sie ging zur Toilette und übergab sich.

Kaum waren sie mit dem Mittagessen fertig, hatte Marc sich in aller Eile verabschiedet, um nicht zu spät zur Arbeit zu kommen. Auch Elena verließ das Restaurant. Trotz des unaufhörlich vorbeirauschenden Verkehrs, der allerdings nicht mehr so stark war wie noch einige Stunden zuvor, herrschte eine fast ruhige Atmosphäre.

Statt direkt nach Hause zu gehen, machte sie einen Abstecher in den Parc de l'Espanya Industrial. Einen Schritt nach dem anderen. Sie suchte sich eine Bank im Schatten. Ganz in ihrer Nähe spielten ein paar Jungen Basketball und brachen bei jedem Korb in lautes Freudengeschrei aus. Ihr gegenüber liefen Hunde über die Wiese, die im Grunde nur aus zwei großen, abgewetzten Rasenflächen bestand. Sie fand den Park zwar angenehm, aber auch laut und etwas verwahrlost. Schon früher hatte sie gelegentlich auf einer dieser Bänke gesessen, um zu lesen oder sei es nur, um ihren Gedanken nachzuhängen. Damals waren es Worte wie »Scheitern« oder »Feigheit« gewesen, die ihr in den Ohren gedröhnt hatten. Auf einer dieser Bänke, erinnerte sie sich mit einem Mal, hatte sie auch ein paar Seiten geschrieben, um so ihre Ängste auf Papier zu bannen. Aber jetzt bedrängten sie zusätzlich die Worte »Fehler« und »Stolz«. Sie waren die Folge und, wer weiß, vielleicht ja auch die Ursache für die beiden anderen. Nur »Eile« galt es noch hinzuzufügen. Ja, sie musste sich beeilen, wenn sie etwas ändern wollte, die Zeit lief ihr davon.

Plötzlich vermisste sie Armand. Seine Fähigkeit, positiv zu denken, seine gute Laune. Elena wusste nicht, dass sie es war, die diese Eigenschaften wieder in ihm geweckt hatte, dass gerade sie es war, die ihm seine Freude am Leben und seinen Wunsch, glücklich zu sein, zurückgegeben hatte. Sie würde ihn nicht anrufen, denn schon der Gedanke, ihm von ihrer Auseinandersetzung mit Ramir zu erzählen, war ihr unangenehm. Und mit dem Gespräch, das sie gerade mit ihrem Sohn geführt hatte, verhielt es sich genauso. Die Kraft und die Energie, die sie während der Reise verspürt hatte, waren wie weggeblasen. Sie stand auf, und nachdem sie ein paar Schritte gegangen war, schüttelte sich ein Hund, der aus dem Teich gelaufen kam, direkt neben ihr das Wasser aus dem Fell. Dass kein Herrchen oder Frauchen sich bei ihr entschuldigte, war für sie ein untrügliches Zeichen dafür, dass sie sich wieder in Barcelona befand. Elena machte sich auf den Weg nach Hause.

Ramir saß vor dem Computer. Zur Begrüßung

hob er nur kurz den Kopf, während sie ihm ein »Hallo« zurief. Sie machte sich daran, den Koffer auszupacken. Das Schlafzimmer wirkte aufgeräumt, und das Bett war gemacht. Sie ließ sich darauf fallen. Sie würde doch erst ein wenig schlafen und später das Nötigste erledigen. Ein Laken streifte sie, und für einen Moment wachte sie auf. Es war Nacht. Ramir fragte, ob sie sich nicht zudecken wolle. Sie drehte sich zur Seite und schlief weiter. Als sie die Augen aufschlug, war sie allein. Im Morgenlicht schaute sie sich im Schlafzimmer um. Sie musste daran denken, wie sie als junge Ehefrau unter vielen Mustern die Tapete ausgesucht hatte, die ihr am besten gefiel, und genauso hatte sie es mit der Bettwäsche gemacht. Wie aus einer stillen Quelle rannen ihr Tränen über die Wangen und verschleierten ihren Blick.

Waren all diese Jahre eine verlorene Zeit? Und war sie, in ihrer Unfähigkeit zu reden, wirklich so dumm gewesen, zu glauben, alles würde von selbst wieder gut? Jahre, in denen sie geradezu leidenschaftlich ihrer Arbeit nachgegangen war. Sich um ihren Sohn gekümmert hatte. Für ihre Eltern und ihren Schwiegervater da gewesen war. Stunden um Stunden neben Ramir, der sich hinter ein ironisches, gekränktes Schweigen verschanzt hatte. Und schließlich ging auch sie, stur, auf Distanz, glaubte, stark genug zu sein, um allein zurechtzukommen. Immer darauf bedacht, ihre Enttäuschung im Zaum zu halten. Ja, sie war stolz gewesen, das war ihr jetzt klar, aber … Was war mit ihm, mit Ramir?

Sie ging duschen, und sie weinte immer noch.

3

Elena betrat das Lokal des Nachbarschaftsvereins, in dem der Chor probte. Sie wurde von allen Seiten begrüßt, freudig und auch überrascht, denn seit fast zwei Monaten hatte sie nicht mehr an den Proben teilgenommen. Gleich nach ihrer Pensionierung war sie dem Chor beigetreten, vor allem, um ein wenig ihre Zeit auszufüllen, die sich nun wie ein breit ausgetretener und ziemlich trostloser Weg vor ihr erstreckte. Doch ihre Beziehung zu Armand hatte sie in den letzten Wochen so sehr in Anspruch genommen, dass sie kaum mehr an den Chor gedacht hatte. Eigentlich kannte sie noch niemanden richtig dort, nur Pilar, die schon seit Langem Mitglied war und sie angeworben hatte. Sie war es dann auch, auf die Elena zuging, nachdem sie sich in die Runde entschuldigt hatte, wie leid es ihr täte, so lange nicht zu den Proben gekommen zu sein, aber sie hätte viel zu tun gehabt.

Einmal abgesehen von den Mitgliedern, die dem Chor aus familiären oder freundschaftlichen Gründen verbunden waren, manchmal auch aus Liebe, gehörten ihm hauptsächlich Ruheständler an. Die Tochter des Chorleiters, gerade mal zwanzig, war die jüngste Sängerin und spielte außerdem Klavier. Dann gab es eine kleine Gruppe von fünf Frauen Mitte vierzig. Zwei Männer im gleichen Alter gehörten ebenfalls dazu. Elena und mit ihr Pilar sowie eine weitere Frau waren die jüngsten unter den Senioren. Den Rest stellten Personen um die siebzig, allesamt rüstig und mit einer schönen, aber nicht unbedingt kraftvollen Stimme ausgestattet. Zwei von ihnen hatten bisher weder gesungen, noch verstanden sie etwas von Musik. Sie waren im Gesangsverein, um unter Menschen zu kommen. Ein ehrwürdiger, ziemlich tauber alter Herr, der stets den Einsatz verpasste, sowie drei fast schlohweiße Köpfe, die immer zusammensteckten, um ihre Stimmen gegenseitig zu stützen, vervollständigten den Chor. Die Aufgabe des Chorleiters hatte ein Rechtsanwalt mit musikalischen Ambitionen übernommen, ein temperamentvoller Mann, der die Sängerschar abwechselnd anspornte und zusammenstauchte, je nachdem, ob sie den richtigen Ton trafen oder nicht und wie viel Zeit noch bis zur nächsten Aufführung blieb.

Elena hatte das angenehme Gefühl, dass sich alle über ihre Rückkehr freuten.

Der Chorleiter kam auf sie zu.

– Ich bin froh, dass du wieder da bist. Eine Stimme mehr, das ist ein Segen für den Chor. Und wenn du jemanden kennst, der gut singen kann … Vor allem Männer fehlen uns.

Ramir hatte eine gute Stimme. Als Kind war er Solist in verschiedenen Chören gewesen. Pilar und sie schauten sich an, aber keine der beiden sagte etwas.

– Am besten du stellst dich … Stell dich dorthin! Los geht's, lasst uns anfangen, wir haben viel zu tun. Entschuldige, aber wie heißt du noch mal? Mir fällt leider dein Name gerade nicht ein …

– Elena. Erinnerst du dich? Meine Stimme ist nicht unbedingt …

– Keine Sorge, vielleicht kannst du ja zu Hause ein wenig üben, das wäre großartig.

Pilar erklärte ihr, es gehe darum, das Sommerkonzert vorzubereiten, und Xavier sei besorgt, weil einige Chormitglieder ausfallen würden und sie doch eh nur so wenige seien. Eine Frau, ein ausgezeichneter Sopran, hatte sich einen Oberschenkelhalsbruch zugezogen und ein Mann seinen Kampf gegen den Krebs verloren. Er war vor Kurzem gestorben.

– Bestimmt erinnerst du dich an ihn, er hieß Jordi. Er trug immer bunte Sportkleidung und war stets zu Späßen aufgelegt … Und ein begeisterter Wanderer war er auch.

Elena hatte kein Gesicht vor Augen.

Dann begann die Probe. Sie übten »Amazing Grace«, eine englischsprachige Hymne, samtig und gefühlvoll. Schüchtern fiel Elena in das Lied ein. Ihr Blick ging zu den Männern, die dicht gedrängt zusammenstanden. Insgesamt waren es heute nur sieben, Sängerinnen gab es doppelt so viele. Mit einem Mal konnte sie sich an denjenigen erinnern, der nicht mehr zurückkommen würde. Ein hochgewachsener Mann mit einem sommers wie winters gebräunten Gesicht, gelockten Haaren und sehr hellen Augen. Um ihn herum wurde oft gelacht, obwohl er selbst immer ernst blieb oder höchstens mal ein verschmitztes Lächeln aufsetzte. Natürlich kannte sie ihn! Ein wenig älter als sie, sympathisch und geradeheraus. Einmal waren sie ein Stück zusammen nach Hause gegangen. Elena spürte, wie sich ihre Kehle zuschnürte, und es blieb ihr nichts anderes übrig, als sich zu räuspern. Ramir hatte sie nie gefragt, wohin sie ging, noch mit wem. So als wollte er ihr sagen: Tu, was du willst, du bist frei. Oder auch: Tu, was du willst, mir ist es egal.

Nach der Chorprobe machte sie sich in Begleitung

von Pilar auf den Heimweg. Vor Elenas Hauseingang blieben sie stehen und unterhielten sich.

– Willst du nicht mit raufkommen? Ramir wird sich freuen, dich zu sehen!

– Es ist schon spät, ich will euch nicht stören.

– Du störst doch nicht, komm ruhig mit hoch!

Elena hatte gedacht, dass Pilar sie nach Armand fragen würde. Aber sie hatte es nicht getan. Sie war diskret. Als Ramir Pilar erblickte, sprang er auf und begrüßte sie liebenswürdig. Die beiden kannten sich schon von klein auf, ihre Eltern waren befreundet gewesen, und nach Jahren, als Elena und Pilar Kolleginnen an derselben Schule wurden, hatten sich ihre Wege wieder gekreuzt. Pilar hatte einige Jahre lang eine feste Beziehung gehabt, lebte aber jetzt wieder allein. So wie Elena und Ramir hatte sie ihr Viertel nicht verlassen, war immer in Sants wohnen geblieben, und trotzdem dürfte es schon eine Weile her sein, ging es Elena durch den Kopf, dass Pilar und Ramir sich gesehen hatten.

Er schlug vor, sie solle doch zum Essen bleiben, er schien guter Laune zu sein. Im Laufe des Abends flossen so manche Erinnerungen von Pilar in die Unterhaltung ein, so wie Wassertropfen, die von Herbstlaub gleiten. Ganz unvermittelt hatte sie Verse von Ramir rezitiert und ihn gefragt, ob er sich beim Schreiben von den Festen ihrer Kindheit habe inspirieren lassen. Elena überkam mit einem Mal das Gefühl, eine Unbekannte vor sich zu haben. Sie hatte nicht gewusst, dass Pilar Ramirs Gedichte gelesen hatte, geschweige denn, dass sie in der Lage war, eins aus dem Stegreif vorzutragen. Ramir machte ein zufriedenes Gesicht, ein Ausdruck, den Elena seit Langem nicht mehr an ihm wahrgenommen hatte. Noch immer schrieb er Gedichte, und Elena las sie, aber sie unterbreitete ihm keinen einzigen Änderungsvorschlag mehr. Seine Verse schlitterten ihr durch den Kopf, und bereits im nächsten Moment hatte sie sie schon wieder vergessen. Und die Leseabende waren alle gleich, sie langweilten sie. Als Pilar gegangen war, setzte sich Ramir wieder an seinen Computer. Elena ging zu Bett und schlief sofort ein.

4

Du siehst Großmutter jeden Tag ähnlicher.

Marc hatte seine Mutter in der Küche angetroffen, und als sie ihn das sagen hörte, lächelte sie.

– Ja, das kommt mir manchmal auch so vor.

Fast hätte sie ihm gestanden, dass sie jedes Mal, wenn sie in den Spiegel schaute, ihre Mutter sah, aber dann fand sie, das gehe nur sie etwas an. Ramir kam in die Küche geschlurft, bat um einen Kaffee und ging ins Badezimmer. Später dann, als er neben seinem Sohn saß, fing er an, ihm von sich und Pilar zu erzählen und seit wann sie sich schon kannten. Auch an ihre Eltern erinnerte er sich, und zum Schluss sagte er noch zu Marc, dass Pilar und er einmal ein Liebespaar gewesen seien, er aber letztendlich seine Mutter geheiratet habe. In der Küche bekam Elena mit, was er da erzählte, und sie war überrascht, denn es war ihr neu, aber sie wollte dem nicht allzu viel Bedeutung beimessen. Ramir sprach auch noch von anderen Frauen, die ihm gefallen hätten, und Marc nahm ihn damit ein wenig hoch, was sein Vater aber nicht zu bemerken schien.

Elena gesellte sich zu ihnen. Sie hatte die Espressokanne und Tassen dabei. Und dann wandte sich Ramir direkt an sie.

– Glaubst du etwa, ich hätte dich nicht Dutzende Male betrügen können!

– Ganz im Gegenteil. Du hast mich einmal betrogen und könntest es viele andere Male auch getan haben. Ich betrüge dich nicht, ich habe dir gesagt, woran du bist.

– Es gab da mal eine Frau, die schrieb Gedichte. Zugegeben, es war der letzte Schrott, aber sie selbst war eine ganz heiße Nummer. Sie wollte, dass ich das Vorwort für ihren ersten Gedichtband schreibe, und war wie verrückt hinter mir her. Ich musste sie bremsen, denn sonst hättest nicht nur du was gemerkt, sondern gleich das ganze Viertel!

– Also weißt du, Papa, ich finde, das hat jetzt hier …

– Ficken konnte sie gut, das muss man ihr lassen.

– Ich gehe mich umziehen.

– Schockiert dich das Wort »ficken«, Elena? Aber wo warst du denn an den Tagen, an denen du zum Mittagessen nicht nach Hause gekommen bist? Kreidebleich bist du zu deinem Yogakurs gegangen, und zurückgekommen bist du mit glühenden Wangen.

– Seit wann achtest du denn auf meine Gesichtsfarbe?

Sie verließ den Raum. Auf dem Weg zum Schlafzimmer dachte sie, dass sie anscheinend die Grenze zur Untreue hatte überschreiten müssen, um von ihrem Mann wieder wahrgenommen zu werden. »Überschreiten«, ja genau, was für ein Wort. Sie müssten sich unbedingt trennen, aber sie hatte keine Kraft, gleich jetzt den entscheidenden Schritt zu tun, und auch nicht, mit Ramir zu diskutieren. Keine Kraft, alte Wunden aufzureißen.

Nachdem er seinen Kaffee getrunken hatte, sagte Ramir, er fühle sich nicht gut und würde sich wieder ins Bett legen. Marc gegenüber gestand er:

– Vielleicht habe ich ja gestern aus Freude über Pilars unerwarteten Besuch etwas zu viel getrunken. Wie hab ich mich doch geirrt!

– Wann?

– Ist doch egal. Ich fühle mich nicht gut.

– Komm, ich bringe dich rüber ins Schlafzimmer.

Nun waren es Marc und Elena, die sich unterhielten, aber zwischen den beiden herrschte ein anderer Ton. Marc war glücklich, ihr ausführlich von seiner Liebe zu Lluís erzählen zu können. Doch plötzlich hielt er inne, seine Mutter kam ihm mit einem Mal so bedrückt vor, und er fragte sie, was mit ihr los sei. Sie gab ihm zur Antwort, sie wisse, was sie zu tun habe, aber nicht, wie sie es angehen solle. Marc hoffte, dass seine Eltern ihre Probleme in den Griff bekämen, dass sie zusammenbleiben würden.

Er konnte nicht verstehen, dass sein Vater sich jetzt über die Frauen ausließ, die ihm früher einmal gefallen hatten. Es kam ihm so vor, als wolle er in einen Wettstreit mit seiner Mutter treten. Er fragte sie nach Iker, ihrem ehemaligen Kollegen, den auch er gerngehabt hatte. Er wollte wissen, ob Iker ihr seine Liebe gestanden, ob er sie gebeten hatte, mit ihm fortzugehen. Elena sagte ja, das habe er. Noch heute machte es ihr zu schaffen, wenn sie sich daran erinnerte, wie unglücklich Iker gewesen war und wie sehr die Wunde damals brannte, die sich in ihr aufgetan hatte. Und sie hatte geweint und geweint, aber immer für sich allein. Er fragte sie, ob sie ihn mitgenommen hätte.

– Zweifelst du daran?

Marc wollte auch wissen, ob es nach Iker noch jemand anderen gegeben hätte, jemanden, der ihr Herz habe höherschlagen lassen. Und sie musste an einen Sommerkurs denken, an einen Professor aus Frankreich, der über Didaktik geredet hatte, ein reifer, faszinierender Mann, attraktiv und brillant.

Aber das war nur eine vorübergehende Schwärmerei gewesen. Während seines Vortrags hatte er immer wieder ihren Blick gesucht. Dann gab es noch eine launige Unterhaltung auf der Abschlussfeier und neckische Bemerkungen einiger Kolleginnen, die es mitbekommen hatten.

– Warum sind wir nicht mit Iker fortgegangen?

Sie hörten ein lautes Stöhnen und liefen ins Schlafzimmer. Ramir war schweißgebadet und klagte, ihm sei übel. Elena bat Marc, den Notarzt zu rufen, während sie Ramirs Schlafanzugjacke aufknöpfte und ihm dann ein Glas Wasser holte.

Das Gespräch war verstummt. Sie saßen schweigend neben Ramir, der mit geschlossenen Augen dalag. Elena dachte, dass der Grund, den sie sich selbst gegeben hatte, um bei ihm zu bleiben, ihr Sohn gewesen war, ihr Sohn und die Hoffnung, wieder das zu fühlen, was sie einmal für ihren Mann empfunden hatte. Der Arzt traf ein, und nachdem er Ramir untersucht hatte, verschrieb er ihm einige Medikamente. Sein Blutdruck war viel zu hoch, und er empfahl, einen Kardiologen aufzusuchen. Während Marc sich auf den Weg zur Apotheke machte, dachte Elena wieder an die beiden Männer. Wäre sie mit ihnen glücklich geworden? Sie war feige gewesen, ja, und hatte dadurch die Chance auf eine zweite Jugend vertan. Doch nicht nur das, ihr Sohn als

Rechtfertigung dafür, den entscheidenden Schritt nicht gemacht zu haben, war nur die halbe Wahrheit. Ramir hatte ihr die Augen geöffnet. Elena hatte ihren Kollegen in der Schule zeigen wollen, dass sie sich täuschten. Sie würde ihren Mann nicht für Iker verlassen. Sie alle mochten sich für noch so schlau halten, gegen ihren Stolz kämen sie nicht an.

Elena war eine Überlebende, sie hatte einfach nur weitergelebt, genauso wie Armand, und sicher war es die Verzweiflung gewesen, die sie zusammengebracht hatte. Ramir schlief, und Marc machte sich auf den Heimweg. Vor dem Spiegel, die Augen ohne eine Spur von Tränen, stellte sich Elena ihrem Ebenbild. Da war er wieder, der Blick ihrer Mutter. Was sollte das alles? Sie hatte immer ihrem Vater geglichen, zumindest hatte sie das ständig zu hören bekommen. Und jetzt sollte sie ihrer Mutter ähnlich sehen? Ihrer Mutter, die gegen ihre Heirat mit Ramir gewesen war und die versucht hatte, sie zu warnen:

– Er ist doch ein reiner Kopfmensch, besteht nur aus Worten. Noch dazu ist er eitel. Auf ihn wirst du im Alltag nicht zählen können!

Ihre Mutter, mehr um die Zukunft besorgt als um die Gegenwart. So wie alle. Morgen vielleicht oder übermorgen, wer weiß. Sie selbst war auch in die Zukunftsfalle getappt. Zum Glück aber hatte ein hässliches Gähnen sie aufgeweckt.

5

In den Krankenhäusern sind die Flure ein endloser Strom ungleicher Schritte. Der zielstrebige Gang der Pfleger und Krankenschwestern, die oft einen Medikamenten- oder Verbandswagen vor sich herschieben, unterscheidet sich vom meist bedächtigen Schritt der Ärzte und Ärztinnen, wobei nicht auszuschließen ist, dass auch sie gelegentlich rennen müssen. Die Angehörigen und Freunde der Patienten durchlaufen die anfängliche Orientierungslosigkeit mit unsicheren Schritten, die sie allzu oft dorthin führen, wo sie nicht sein sollen, um schließlich, unzählige Nachfragen später, doch an ihr Ziel zu gelangen. Dann müssen sie allerdings erkennen, dass der Ort, an dem sie sich befinden und den zu erreichen sie so viel Mühe gekostet hat, ein Ort des Stillstands ist. Sie sind genau dort, wo sie hinwollten, doch fast immer, ohne sich darüber im Klaren zu sein, dass dies der schlimmste Ort ist, an dem sie hätten ankommen können. Auf der Intensivstation, dort, wo man zu begreifen beginnt, was es bedeutet, völlig nutzlos zu sein und abgrundtief allein.

Auch Elena war schließlich an diesem Nicht-Ort angelangt. Armand zu bitten herzukommen, wäre ihr geschmacklos erschienen. Ramirs Geschwister lebten nicht mehr, und seine Neffen wohnten in anderen Städten. Natürlich hatte sie zuerst ihren Sohn angerufen, und Marc war sofort gekommen, aber er hatte noch einmal fortgemusst, und ihr wurde klar, dass sie im Augenblick nichts anderes tun konnte, als still abzuwarten. Von den Pflegekräften erhielt sie nur spärliche Auskünfte. Für eine Prognose war es noch zu früh.

Als sie auf diesem seltsamen Gang schon jegliches Zeitgefühl verloren hatte und mit geschlossenen Augen einfach nur dasaß, vernahm sie ein leichtes Rascheln, aber es war nicht ihr Sohn und es war auch nicht Armand. Vor ihr stand Pilar.

– Ich dachte, du schläfst …

– Nein. Hier … Von wem hast du es erfahren?

– Wie geht es ihm?

– Man muss abwarten, wie sich sein Zustand entwickelt. Vielleicht muss er operiert werden.

– Aber es gibt doch Hoffnung?

– Also, wenn es keine gäbe, dann …

Es war nicht so sehr Pilars Anwesenheit, es waren ihre Augen, Augen voller Tränen … In diesem Augenblick betrat eine weiß gekleidete junge Frau den Gang, und Pilar schenkte Elenas zögernden Erklärungen keine Aufmerksamkeit mehr. Sie stürzte sich auf die Ärztin, sagte ihr, wie ungemein wichtig es für sie sei, Ramir zu sehen. Die Ärztin schaute zu Elena, bemerkte zum ersten Mal, wie rund ihre Augen waren, während Pilar im Flüsterton auf sie einredete und ihr folgte, ohne eine Antwort abzuwarten. Elena schloss ein weiteres Mal die Augen und wiederholte für sich das Wort »Hoffnung«, fragte sich, ob Pilar damit nicht etwas ganz anderes gemeint hatte.

Nur wenig später ließ sie das leise Geräusch von Schritten die Augen wieder aufschlagen, und sie sah, wie Pilar zum Ausgang eilte.

Kurz darauf kamen Armand und Marc, einer nach dem anderen, im Abstand von nur ein paar Sekunden. Wären sie getrennt eingetroffen, sie wäre dem Ersten, egal welchem von beiden, einfach um den Hals gefallen und hätte ihre Verwirrung bei ihm abgeladen. Aber nun standen beide Männer vor ihr, der eine neben dem anderen, und so begnügte sie sich damit, die zwei kurz zu umarmen. Sie stellte sie einander vor, und die Männer reichten sich die Hand. Sie informierte sie kurz über das wenige

Neue, das es zu berichten gab. Marc ging gleich darauf zu seinem Vater. Da zog Armand Elena an sich und küsste sie zärtlich. Sie war ganz ernst, sagte zu ihm, sie müssten reden.

– Pilar ist gekommen und wollte unbedingt Ramir sehen. Sie hat gesagt, es sei sehr wichtig für sie und noch irgendetwas, das ich aber nicht verstehen konnte. Beim Herausgehen hat sie sich dann noch nicht einmal von mir verabschiedet. Bevor ich überhaupt reagieren konnte, war sie schon fort.

Er nahm ihre Hände in seine und schaute sie an. Ihr Kinn zitterte wie ein kleines Boot, das jeden Augenblick zu kentern drohte.

Elena hätte ihm gerne gesagt, dass sie während des endlosen Wartens auf dem Gang der Intensivstation den Immobilienteil der Zeitung durchgesehen und sich vor ein paar Tagen eine kleine Wohnung in ihrem Viertel angeschaut hatte. Aber sie konnte nicht reden, sie bekam kein Wort mehr heraus.

6

Die Wohnung war fast neu, sechzig Quadratmeter groß, hell und geräumig, und sie verfügte zudem über einen ruhig gelegenen Balkon. Es gab ein Schlafzimmer und ein Wohnzimmer mit einer Frühstückstheke, direkt dahinter standen ein Herd mit zwei Kochplatten und ein Kühlschrank. Für die Anzahlung und die ersten Monatsraten hatte sie ihre gesamten Ersparnisse aufgebraucht und auch etwas Geld, das ihr Vater ihr hinterlassen hatte. Morgens nach dem Aufstehen oder wenn sie nach Hause kam, schaute sie sich noch jedes Mal ungläubig in der Wohnung um. Sie liebte die leeren oder höchstens halb vollen Schränke, die weißen Wände ohne Bilder und dass es in der ganzen Wohnung nur einen einzigen Spiegel gab. Er hing über dem Waschbecken.

Der Sommer zog sich dahin. Marc hatte sich geweigert, die Trennung der Eltern zu akzeptieren.

Vor ein paar Jahren noch hätte er es verstanden, aber jetzt? Seine Begründung: Dafür seien sie zu alt. Gemeinsam hätten sie Höhen und Tiefen durchgestanden. Er fand, jetzt sei ein guter Moment, um sich wieder zu versöhnen. Er sagte, sowohl Armand als auch Pilar seien doch weiter nichts als Episoden ohne Bedeutung gewesen. Durch die Gespräche mit Elena hatte Marcs starre Haltung zwar Risse bekommen, aber sie gingen nicht tief genug, als dass er eine Trennung gutgeheißen hätte. Dann stellte er Elena eines Tages seinen Freund vor. Lluís lachte im Beisein der beiden schallend über Marcs Argumente. Er nahm kein Blatt vor den Mund.

– Du findest also, dass es ab einem gewissen Alter nicht mehr möglich ist, sich in jemand anderen zu verlieben oder sich dafür zu entscheiden, allein zu leben oder eine Beziehung zu beenden, nur weil sie schon lange besteht und man sich vor jeder Veränderung scheut?

Marc war deswegen verstimmt gewesen, doch am Ende hatten sich beide wieder in den Armen gelegen. Kurz darauf hatte sich Elena mit Handschlag von Lluís verabschiedet, ihren Sohn umarmt und war gegangen. So etwas hätte sie von Marc nicht erwartet.

An einem anderen Tag waren Eltern und Sohn zum Mittagessen verabredet. Ramir wirkte gelassen, und das Treffen verlief angenehm. Von da an legte sich Marcs Widerstand, der sich für Elena in die Länge gezogen hatte wie ein Schuljahr voller unerledigter Aufgaben, und er akzeptierte die neue Situation.

Aus der Familienwohnung hatte Elena Stapel von Heften herausgeschleppt und entsorgt, Mappen mit Aufzeichnungen, Bastelarbeiten von Kindern, die sie völlig vergessen hatte oder an die sie sich kaum noch erinnerte. Auch die wenigen Didaktikbücher, die sie aufbewahrt hatte. Nichts davon wollte sie sich noch einmal anschauen. In einen Koffer packte sie ihre Kleidung und in große Tragetaschen all die Sachen, die ihr zwar noch passten, die sie aber schon lange nicht mehr angezogen hatte. Es gab so viele Dinge, die sich über Jahre hinweg angesammelt hatten, vor allem die handgefertigten Keramiken, die ihr so gut gefielen. Zwei Stücke behielt sie für sich, den Rest verschenkte sie. Gedichtbände, die sie einmal voller Hingabe gelesen hatte, der Rand, neben den Versen, vollgekritzelt mit ihren Anmerkungen. Sie hatte nicht vor, sie noch einmal zu lesen. Weg damit. Musik. Nur die Hälfte ihrer CDs behielt sie.

Viele der Dinge, von denen sie jahrelang umgeben gewesen war, kamen ihr jetzt entbehrlich vor, so wie auch ein großer Teil ihres Lebens. Sie hielt inne. Vielleicht müsste sie ja eher sagen, so wie ein großer Teil ihres nicht gelebten Lebens. Die Bücher, die Ramir geschrieben hatte, behielt sie. Sie wollte alle, mit dem wissenden Blick von heute, noch einmal lesen, vom ersten bis zum letzten Band. Aber das eilte nicht, auch wenn ihr jetzt bewusst war, wie schnell ihr die Zeit zwischen den Fingern zerrann. Fast alles hatte das Verfallsdatum überschritten. Was ihr blieb, waren die Stunden in der Schule. Und sie hatte die Gegenwart. Elena nahm sich fest vor, sie nur mit lebenswerten Momenten zu füllen. Als sie am Spiegel vorbeiging, begegnete ihr dort nicht mehr der Blick ihrer Mutter.

V

ENTSCHEIDUNGEN

1

Wieder war ein weiterer langer Tag seit unserer Rückkehr aus Bournemouth vergangen, ohne dass ich Elena gesehen hätte. Nur auf mein Drängen hin verabredeten wir uns vor dem Eingang der Markthalle von Hostafrancs. Sie wollte es so, obwohl mir meine Wohnung viel lieber gewesen wäre. Ich hatte Staub geputzt und vorher noch den Boden gewischt, auf dem Wohnzimmertisch stand ein Strauß roter Nelken, und das Bett war frisch bezogen.

Sie kam mir verändert vor, so als wäre seit unserem letzten Wiedersehen viel Zeit vergangen. Ihr blasses Gesicht schien ein Geheimnis anzudeuten, das sie aber nicht preisgeben wollte. Ich sah ihr an, wie viel Mühe es sie kostete, sich unbeschwert und natürlich zu geben, so wie in England, als wir einfach Hand in Hand durch die Straßen von Bournemouth flaniert sind. Sie wollte sich nichts anmerken lassen, aber mein Bauchgefühl sagte mir, und ich habe seit jeher ein gutes Gespür, dass sie mir etwas verschwieg, das mir nicht gefallen würde. Im Gewühl der Marktbesucher trieben wir eine Weile ziellos an den grell beleuchteten Ständen vorbei. Eine Unterhaltung war kaum möglich, und die Kirschen, die es Elena angetan hatten, lagen bereits in ihrem Einkaufskorb. Da griff ich nach ihrer Hand und zog sie hinaus auf die Straße. Und obwohl das gleißende Sonnenlicht, das Hupkonzert und das Quietschen der Autobremsen schlagartig über uns hereinbrachen, draußen konnte ich wieder freier atmen.

– Lass uns nach Hause gehen!

Sie wollte lieber etwas »in unserem Café« trinken, das vom ersten Tag, in das ich ihr nachgegangen war. Ich richtete ihr Grüße von Antoni und Annie aus, und ihr Mund lächelte, diese jungen Lippen, die ich so gerne geküsst hätte. Sie sagte mir, es seien unglaublich schöne Tage gewesen, diese faszinierende Landschaft, dieses glückliche Paar und dann die Kleine, die so viel Zärtlichkeit in ihr geweckt habe.

Ich hielt es nicht mehr aus und fragte sie ganz direkt, was eigentlich los sei.

– Ich habe das Gefühl, du bist gerade dabei, mir den Laufpass zu geben.

Im ersten Augenblick schien sie mich nicht zu

verstehen, so als ob meine Ausdrucksweise sie irgendwie verdutzt hätte. Das passiert mir häufig, ich weiß.

– Was ich sagen will, ich werde den Eindruck nicht los, dass du mir gerade Lebwohl sagst.

Sie schaute mir in die Augen, was sie bislang vermieden hatte, ihr Blick war meinem immer ausgewichen.

Ihr Ton war ernst. Die Tage fern von zu Hause hätten es ihr ermöglicht, in Ruhe nachzudenken. Ihr sei klar geworden, dass sie sich ihrem Sohn gegenüber nicht richtig verhalten habe, und vielleicht, so sagte sie, sei sie in gewisser Hinsicht auch Ramir gegenüber ungerecht gewesen. Das war nicht gerade das, was ich von ihr hören wollte. Als sie den Namen ihres Mannes aussprach, durchfuhr mich ein stechender Schmerz. Eine Pause war entstanden, aber sie redete gleich weiter. So ist sie. Am Ende schafft sie es immer, eine unangenehme Situation ein wenig erträglicher zu machen. Sie lächelte mich an und sagte, in England sei sie glücklich gewesen. Und für den unvergesslichen Besuch in Tyneham würde sie mir immer dankbar sein.

– Aber …?

Sie fuhr fort, sprach, als hätte sie mich nicht gehört. Dort, in der verlassenen Schule, sei ihr klar geworden, wie sehr sie ihrer Arbeit mit den Kindern noch immer nachtrauerte. Eine Pensionierung sei ja endgültig, und sie würde niemals mehr in all die kleinen Gesichter sehen können, die sie immer so voller Vertrauen angeschaut hätten.

– Aber jetzt hast du doch meins, nicht ganz so klein und zugegebenermaßen viel hässlicher, kein Vergleich zu den Kindergesichtern, das weiß ich schon, aber ich schwöre dir, dass ich dich mit grenzenlosem Vertrauen anschaue.

Elena lächelte und streckte dabei ihr Kinn vor, so als wäre es ein kleines Fischerboot, das in See sticht. Und ihre Augen schienen auf einmal die Schatten, die sich unter ihnen abzeichneten, Lügen zu strafen. Auch das passiert mir oft. Wenn ich etwas sagen will und es mir so richtig ernst damit ist, bringe ich mein Gegenüber zum Schmunzeln. Ich fand sie so viel schöner und wünschte mir, sie würde nicht weiterreden. Ich nahm ihre Hand. In diesem Augenblick bekamen wir unseren Kaffee, und sie zog die Hand wieder zurück.

Es traf mich wie ein Keulenschlag. Zum Glück fügte sie hinzu:

– Ich möchte dich nicht verlieren.

Aber es war zu spät. Ich sei es doch, der dabei war, sie zu verlieren, und ich hätte keine Ahnung weshalb, brach es aus mir hervor. Ich hätte mir besser auf die Zunge beißen sollen, denn nun verdunkelte sich wieder ihr Blick. Aber ich hatte schon zu lange geschwiegen und war doch so voller Angst.

Elena hatte mein Leben gerettet. Ich dachte, das wüsste sie, ich dachte, das sei ihr von Anfang an klar gewesen, aber jetzt erkannte ich, dass dem nicht so war. Ihr war gar nicht bewusst, dass ich mich jahrelang einfach nur durch mein Leben geschleppt hatte. Und da begriff ich, dass es Schuldgefühle waren, die von ihr Besitz ergriffen hatten und sie von mir zu trennen drohten.

– Was ist los?

– Ich brauche Zeit zum Nachdenken. Allein.

Zeit, das war das Einzige, das uns nicht mehr im Überfluss zur Verfügung stand. Allein? Das passte mir überhaupt nicht. Sie musste mir versprechen, dass wir uns trotzdem sehen würden und wenn es nur einmal in der Woche wäre. Wenn ich gewusst hätte, dass sie Ja sagt, hätte ich sie gleich um mindestens drei Verabredungen pro Woche gebeten. Ich ließ sie den Tag auswählen, die Uhrzeit und den Ort, obwohl ich es mir dann doch nicht verkneifen konnte, ihr zu sagen, der ruhigste Ort sei natürlich meine Wohnung. Aber sie entschied, wir würden uns an der Ecke Carrer Sants und Olzinelles treffen, und zwar am Sonntag um fünf. Sonntags um fünf, das war einst die Ausgangszeit der Dienstmädchen.

2

Sonntage habe ich noch nie gemocht. Während der langen Jahre meines Arbeitslebens fand ich immer, dass schon der Gedanke an den Sonntag die Vorfreude auf die freie Zeit am Wochenende im Keim erstickte. Und je näher dann der Sonntagabend rückte, und bald darauf die Nacht, die Nacht zum Montag, desto mehr hatte ich das Gefühl, keine Luft mehr zu bekommen. Für eine kurze Zeit sollte der Sonntag allerdings mein einziger Lichtblick in der Woche sein.

Bevor wir uns trafen, war ich schon eine ganze Weile den Carrer Sants rauf- und runtergegangen. Ich hatte einen Blick in die Schaufenster geworfen, ohne mich wirklich für sie zu interessieren, war unter dem gläsernen Vordach der geschlossenen Kioske vor den schmalen Vitrinen stehen geblieben, in denen die Zeitschriften ausgestellt werden. Ich gönnte ihnen einen Blick, aber das war auch schon alles, ich würde sie mir sowieso nicht kaufen.

Das Einzige, was für mich zählte, war das Zusammensein mit Elena. Da ich nichts anderes tun konnte, begnügte ich mich damit, sie anzuschauen und ihre Hand in meiner zu halten. Am liebsten, ohne zu reden, denn an Worten rieb ich mich nur allzu leicht auf. Nach einer Zeit des Einvernehmens, der Ungebundenheit und des Glücks gab es plötzlich Bedingungen. Damit hatte es gleich nach unserer Rückkehr aus England begonnen, wo meine Liebe zu ihr noch größer geworden war, denn ich hatte eine mir bis dahin unbekannte Seite an ihr entdeckt. Elena war ein Familienmensch, und sie half mir dabei, die Entfremdung zwischen meinem Sohn und mir zu überwinden, die Wunden heilen zu lassen. Ich hatte gespürt, dass Antoni nichts gegen mein neues Leben einzuwenden hatte.

Aber ich war nicht mehr der Märchenprinz, ich hatte mich wieder in den garstigen Frosch verwandelt.

Am zweiten Sonntag nach unserer Rückkehr hatte Elena keine Lust auf einen Spaziergang und schlug mir stattdessen vor, in »unser Café« zu gehen. Wir befanden uns auf dem Carrer Olzinelles, an der Ecke zum Carrer Sants. Meine Wohnung war auf Hochglanz poliert, so sauber und aufgeräumt war es dort seit dem Einzug nicht mehr gewesen. Mit Remei, damals noch jung und voller Enthusiasmus, hatten wir aus ihr ein wahres Schmuckstück gemacht.

Elena und ich hatten uns gerade einander gegenüber hingesetzt, als sie mir sagte, sie könne heute nicht lange bleiben, ihrem Mann gehe es nicht gut. Und mit einem Mal fühlte auch ich mich schlecht. Ich schwieg. Mir war, als wären ihre Worte Steine, die sie in einen tiefen Brunnen schleuderte und die an seinen Wänden abprallten. Plötzlich hatte ich Lust, einfach aufzustehen und wegzugehen. Ich schaute sie mit einem Lächeln an, das spöttisch rüberkommen sollte. Sie hatte wieder leichte Augenringe und schien abgenommen zu haben. Ich atmete tief durch.

– Du sagst ja gar nichts?

– Ich kann dir nur sagen, dass ich dich liebe, dass ich dich all die Zeit, die vor uns liegt, an meiner Seite haben möchte, wenn auch du davon überzeugt bist, dass wir einander guttun.

Sie zog ihre Hand zurück, die ich fest in meiner hielt. Sie sagte, sie habe keine Ahnung, was mit ihr los sei. Die Gespräche mit ihrem Mann und ihrem Sohn hätten sie dazu gebracht, ihr Verhalten in der Vergangenheit zu hinterfragen. Sie bezweifele jetzt, dass sie richtig gehandelt, die richtigen Entscheidungen getroffen habe.

– Deinen Mann hättest du schon vor vielen Jahren verlassen sollen, das ist mal klar.

– Mehr als einmal habe ich mich dem Glück verweigert, und jetzt kann ich noch nicht einmal sagen, weshalb ich es eigentlich getan habe.

Dann erzählte sie mir von einem Kollegen aus der Schule und dass sie ineinander verliebt gewesen seien. Es habe ihr das Herz gebrochen, und dennoch hätte sie ihn fortgehen lassen.

– Und jetzt willst du das Gleiche tun.

Aber jetzt war es nicht das Gleiche. Nein, es war noch vertrackter als damals, aber in gewisser Hinsicht auch einfacher. Letzteres sprach allerdings keiner von uns beiden aus.

– Lass uns gehen!

Auf der Straße flanierten die Sonntagnachmittagsspaziergänger. Einige Paare gingen zum Tanzen in die gegenüberliegende Turnhalle, die zugleich als Ballsaal diente. Junge Mädchen mit geglättetem Haar, brünett und pummelig, stolzierten auf hohen Absätzen und in engen Röcken selbstbewusst an uns vorbei. Von außen betrachtet schien das Leben hell und fröhlich zu sein. Zögernd setzten wir unseren Weg fort. Wir hätten als ein Ehepaar durchgehen können, das sich auf dem Weg ins Kino befindet, um den Sonntagnachmittag mit einem Film zu beschließen, oder aber gleich die Metro nehmen wird, um wie jeden Sonntag die Enkelkinder oder einen kranken Verwandten zu besuchen. Für wen auch immer man uns halten mochte, als wir uns am Nachmittag zwischen all den anderen Menschen unseren Weg bahnten, es hatte keinerlei Bedeutung. Ich war ein Liebender, dem vor nicht allzu langer Zeit die Gnade zuteilgeworden war, wieder frei atmen zu können. Und nun musste ich mit einem Mal alle Kraft aufbringen, um dem Himmel die Stirn zu bieten, der über mir einzustürzen drohte.

Als ich meine Wohnung betrat, leuchtete mir der Strauß roter Nelken auf dem Wohnzimmertisch spöttisch entgegen.

3

Zum Yogakurs ging ich wie ein Gefangener, der genau weiß, dass man ihm an diesem Tag den Hofgang gestrichen hat. Ramir war ins Krankenhaus eingeliefert worden, Elena hatte mich schon früh am Morgen angerufen, um es mir zu sagen. Bevor sie zu sprechen begann, hatte ich mir einen Augenblick lang Hoffnung gemacht.

Während des Kurses rechnete ich jeden Augenblick damit, dass sie doch noch kommen würde. Einmal, als sich die Tür öffnete und die älteste Kursteilnehmerin den Raum betrat, diejenige, die immer so sehr von den heilenden Kräften des Yogas schwärmte, kreuzte sich mein Blick mit dem von Pilar, und sie deutete ein Lächeln an. Mir ging durch den Kopf, dass sie mir ja vielleicht mehr sagen konnte. Vor dem Ausgang wartete sie auf mich. Sie fing an, vom Unterricht zu reden, während ich merkte, dass ich immer ungeduldiger wurde. Schließlich meinte sie:

– Ich wundere mich, dass Elena heute nicht gekommen ist.

– Ramir hatte doch einen Herzinfarkt und liegt im Krankenhaus, im Hospital Clínic.

Ihr Lächeln erlosch schlagartig, und hastig verabschiedete sie sich von mir.

Ich machte mich auf den Heimweg. Das Wetter war herrlich, ich mag den Sommer. Einige Frauen zeigten ein großzügiges Dekolleté, und duftige Kleider umschmeichelten so manche Figur. Ich würde Elena glücklich machen, ich würde sie auf Händen tragen, für all die Liebe, die sie in mir geweckt hatte, für all die Liebe, um die man sie gebracht oder die sie sich selbst versagt hatte. Ich wusste nicht, was ich von Ramir halten sollte. Elena hatte ihn kein einziges Mal für die Kälte verantwortlich gemacht, in der sie gelebt hatten, aber ich, ohne jeden Zweifel, gab ihm sehr wohl die Schuld daran. Ich lief durch die Straßen und genoss drei meiner Sinne, genoss es zu hören, zu sehen und zu riechen. Ich bemerkte, dass ich an Ramir schon in der Vergangenheit dachte.

Zu Hause, in meiner Wohnung, begann ich mit einem Mal, unruhig zu werden. Was machte ich hier, während Elena dort eingesperrt war, sie darauf wartete zu erfahren, wie es jemandem ging, der ihr einmal alles gewesen war, aber ihr jetzt nichts weiter als ein Irrtum erschien. Was für ein unglaublicher Egoist ich doch war. Ich machte mich auf den Weg ins Krankenhaus. Erneut auf der Straße, bereitete mir der Sommer allerdings nicht mehr ein solches Glücksgefühl wie noch kurz zuvor.

Ich kam gleichzeitig mit Elenas Sohn dort an. Er schien mir ein aufmerksamer und sensibler junger Mann zu sein. Aber im Grunde stand ich nur im Weg. Elena sah müde aus, ich fand sie allerdings so schön wie immer, und sie zeigte sich empfänglich für meine Zuneigung.

Ich gebe zu, dass ich das Krankenhaus recht beschwingt verließ. Ich weiß, dass das nicht in Ordnung ist. Ich würde es auch niemals laut sagen, denn man könnte es leicht missverstehen.

Ich malte mir aus, wie ich es Elena überlassen würde, meine Wohnung nach ihren Vorstellungen umzugestalten, wie ich, einem Herkules gleich, voller Elan all ihre Habseligkeiten auf zwei oder drei Mal zu mir nach Hause befördern würde. Ich schmiedete Pläne, um es mit meinem Sohn und seiner Familie zu feiern, wir fünf zusammen, sei es in England oder am Mittelmeer, mit Elena würde ich mich überall heimisch fühlen. Dieses unermessliche Glück, das mich erwartete, überstieg meine Vorstellungskraft, die durch jahrelange einsame Sturheit so dunkel geworden war wie ein enger und fensterloser Gang.

Es folgten seltsame Tage. Wenn ich Elena anrief, sprach sie im Flüsterton und sagte so gut wie nichts. Ramirs Zustand war weiterhin besorgniserregend. Auf die Behandlung hatte er nicht wirklich angesprochen, er lag noch immer auf der Intensivstation. Es war ungewiss, was der nächste Moment bringen würde. Ich sagte ihr nicht, wie sehr sie mir fehlte. Das schien mir in dieser Situation irgendwie unanständig zu sein. Ich beschränkte mich darauf, ihr Mut zuzusprechen und meine Hilfe anzubieten, bei was auch immer. Gleichzeitig öffnete mir die große Anteilnahme, die Elena für Ramirs Zustand aufbrachte, die Augen für etwas, das ich bislang unterschätzt hatte. Sie waren Mann und Frau. In schwierigen Zeiten standen sie einander bei. Was wäre, wenn ich im Krankenhaus liegen würde?

Nie zuvor habe ich so oft auf mein Handy geschaut. Elenas Nachrichten waren knapp und sehr allgemein gehalten. »Alles wie immer.« – »Eine Operation ist im Augenblick nicht möglich.« – »Ärzte und Krankenschwestern sind sehr nett.« – »Bei uns ist alles wie gehabt.« Der Plural, dieses »uns« ärgerte mich, mehr noch, ich fand ihn einfach abscheulich. Am Donnerstag, die nächste Yogastunde, und »wir sind« noch immer auf der Intensivstation. Auch Pilar kam nicht zum Kurs. Als die Stunde um war, hielt ich es nicht mehr aus. Ich rief Elena an. Wir redeten. Ramirs Zustand war kritisch.

– Wir sprechen uns.

Das größte Hindernis, das unserem Zusammensein im Weg stand, schien bald überwunden zu sein. Ich wusste, es war nicht richtig, so etwas zu denken, ja, ich erschrak über mich selbst, aber wie oft hatte sich das Leben in der Vergangenheit gegen mich gestellt. Jetzt stand es auf meiner Seite.

4

Erst sehr viel später sollte ich erfahren, dass Pilar am Abend desselben Tages, an dem sie im Krankenhaus darauf gedrängt hatte, Ramir zu sehen, Elena angerufen und ihr eine lange Geschichte erzählt hatte, so lang wie die Beziehung, die sie und Ramir hinter Elenas Rücken geführt hatten. Dieses Geständnis wäre nicht notwendig gewesen. Pilars Verhalten im Krankenhaus hatte Elena es bereits ahnen lassen. Im Grunde war es schon an dem Abend offensichtlich gewesen, an dem Pilar zum Essen geblieben war. Aber da hatte Elena den Blick, mit dem Pilar ihren Mann ansah, nicht wirklich deuten können und auch nicht den Ausdruck auf Ramirs Gesicht, als Pilar den Raum betrat und er aufgesprungen war, um sie zu begrüßen, so als ob sie sich schon lange nicht mehr gesehen hätten und ihn die Überraschung gleichsam hochschnellen ließ. Im Krankenhaus, als Ramir außer Lebensgefahr war, würde Elena noch einmal diesen zugewandten Ausdruck auf dem Gesicht ihres Mannes entdecken, ein fast zärtlicher Ausdruck, den sie schon seit Langem für immer verloren geglaubt hatte. Es sollte aber nur dieses eine Mal sein.

Als ich Elena wiedersah, war Ramir aus dem Koma erwacht und auf die Normalstation verlegt worden. Man musste nicht mehr um sein Leben fürchten, er war bei Bewusstsein, wenn auch immer noch sehr schwach. Eine Operation stand nach wie vor im Raum. Aber Elena hatte eine weitere Neuigkeit für mich parat, und diese brachte mich regelrecht aus dem Gleichgewicht.

– Ich habe mir eine Wohnung gekauft.

Ein Umzugsunternehmen würde sich um ihre Sachen kümmern, obwohl sie vorhatte, das meiste wegzuwerfen. Wenn Ramir aus dem Krankenhaus entlassen würde, sei sie mit allem fertig. Elena hatte ihm keine Gelegenheit gegeben, sie umzustimmen. Zum Abschied hatte sie ihm alles Gute für eine baldige Genesung gewünscht.

Doch vor allem ich war es, der sich jetzt erst einmal wieder erholen musste.

Elena war redselig wie nie zuvor. Sie beschrieb mir, wie sie sich nach diesem lang überlegten Schritt gefühlt hatte. Vom Krankenhaus aus war sie auf dem kürzesten Weg nach Hause gegangen. Die gewohnte Umgebung erschien ihr mit einem Mal in einem völlig anderen Licht. Zwei Lotterieverkäufern war sie aus dem Weg gegangen, auch einer alten Frau, die vehement, fast aggressiv um Geld bettelte, und nicht zuletzt zwei Jugendlichen, die auf dem Boden hockten und gleichsam apathisch ihre Hände ausstreckten. Im Vorübergehen hatte Elena ihren Blick über mehr als ein Dutzend Schaufenster schweifen lassen, von denen einige sehr ansprechend gestaltet waren. Sie schwitzte, ihr war heiß, sie war viel zu warm angezogen. An die kühlen Temperaturen der Intensiv- und dann der Krankenstation gewöhnt, wo sie mit der Zeit immer eiskalte Füße bekommen und sich völlig verspannt hatte, fühlte sie sich in der prallen Sonne wie in einer Sauna.

Ohne dass sie es ausgesprochen hätte, wurde mir klar, dass Elena alleine leben wollte. Ich fand kein Gegenargument, mit dem ich sie hätte umstimmen können, obwohl mir eine Unmenge an Gründen einfiel, weshalb sie doch zu mir ziehen sollte. Der wichtigste: Wir könnten zusammen und füreinander da sein. Aber ich ahnte, wenn ich ihre Entscheidung hinterfragen würde, so wäre das nicht nur ein nutzloses Unterfangen, sondern sogar kontraproduktiv. Es könnte nämlich leicht sein, dass sie mich dann ganz zurückweisen würde. Zunächst einmal war es jetzt wichtig für sie, die Erfahrung zu machen, unabhängig zu sein, allein zu leben. Und ich würde warten, bis sie sich genau so fühlte, allein, um ihr dann ein Tandem anzubieten.

Wir sahen uns regelmäßig jeden Donnerstag im Yogakurs, und danach gingen wir einen Kaffee trinken. Ab und zu schlug ich ihr ein gemeinsames Mittagessen vor, und für gewöhnlich war sie einverstanden. Am Samstag und am Sonntagnachmittag machten wir zusammen einen Spaziergang, gingen ins Kino oder ins Theater. Ich hielt meine Wohnung immer sauber und ordentlich. Jede Woche zwang ich mich dazu, irgendeine Schublade oder irgendeinen Schrank durchzusehen, und ich verschenkte nach wie vor Bücher, entsorgte Gerümpel und alte Kleidung. Kein einziges Mal nahm sie mein Angebot an, mit zu mir nach Hause zu kommen. In dieser immer wieder enttäuschten Erwartung ihres Besuchs welkten die Blumensträuße auf dem Wohnzimmertisch vor sich hin, und schlecht gelaunt warf ich einen nach dem anderen in den Abfall, so wie ich damals die Babykleidchen, das Einzige, was Remei von unserer Tochter geblieben war, in den Müllcontainer geworfen hatte.

Aber eines Tages lud mich Elena zum Abendessen ein. Es war ein Freitag. Und nachdem wir lange miteinander gesprochen hatten, blieb ich über Nacht bei ihr.

DAS ALTER DER HOFFNUNG

Du bist ein Mensch, du bist einzigartig. Du wirst an einem bestimmten Ort, in einer bestimmten Zeit geboren, lebst mit oder ohne Eltern, hast Geschwister oder bist ein Einzelkind.

Du gehst zur Schule, hast Klassenkameraden, vielleicht sogar gute Freunde.

Du wächst heran, entscheidest dich für ein Handwerk oder ein Studium, bewirbst dich später auf eine Arbeitsstelle. Du bekommst sie oder auch nicht, wirst unter Umständen arbeitslos.

Vielleicht begegnet dir in all den Jahren die Liebe, begegnet dir dieser eine, dieser besondere Mensch. Unvergleichliche, nicht wiederholbare Gefühle, ihr beide seid euch die ganze Welt, wenn auch nicht unbedingt für den Rest eures Lebens. Das Alter der Begehrlichkeiten und des Ehrgeizes hat begonnen.

Du suchst nach einem Ort, der dir gehört, ein Haus oder eine Wohnung. Für zwei, mit ihm oder ihr. Vielleicht aber auch nur, um allein zu sein. Du willst weiterkommen, strengst dich an, versuchst deine Träume zu verwirklichen oder vergisst sie irgendwann. Du hast einen Sohn, eine Tochter oder bleibst kinderlos. Du machst weiter, musst neue Wege finden, bist mal mehr, mal weniger erfolgreich. Wo auch immer, du bist angekommen. Du atmest auf. Aber das Alter der Routine ist schnell erreicht oder, dies allerdings selten, es stellt sich nie ein.

Womöglich bist du unzufrieden, denn es wird dir klar, dass es noch andere, bessere Wege gegeben hätte, Wege, die du verschmäht hast und die du ebenfalls hättest einschlagen können. Der Staat, in dem du lebst, die Gesellschaft, sie spielen dir übel mit. Oder die Familie tut es. Vielleicht auch die Arbeit. Oder du selbst behandelst dich schlecht, du ganz allein, oft, ohne es zu merken. Möglicherweise bittest du dann um Hilfe und findest sie. Vielleicht aber auch nicht. Du schaust dich um, das kann es doch nicht gewesen sein, wofür du dich so lange abgekämpft hast.

Unter Umständen zerbricht deine Beziehung. Einer von euch beiden beschließt, ab jetzt ohne den anderen leben zu wollen. Und so musst du in einer Zeit, die vielleicht von Einsamkeit geprägt ist, noch einmal von vorne beginnen.

Eines Tages sind deine Eltern nicht mehr da und deine Kinder aus dem Haus. Vielleicht bleibst du ganz allein zurück. Du wirst krank, hast eventuell Geldsorgen. Und irgendwann schaust du in den Spiegel und erkennst dich nicht mehr. Stattdessen siehst du jemanden, von dem du dachtest, ihr hättet nichts gemeinsam. Aber dort im Spiegel sind die Augen deiner Mutter, eine Geste deines Vaters, ist plötzlich jemand, dem du eigentlich nie geähnelt hast oder dem du nicht ähnlich sein wolltest. Und du erschrickst. Was ist geschehen? Was geschieht da gerade? Du bist allein mit deinen Siegen und Niederlagen, sicherlich von beidem etwas. Den Ort, an dem du dich jetzt befindest, erkennst du nicht wieder, weil du dich selbst nicht mehr wiedererkennst. Bist du im Alter der Enttäuschung angelangt?

Aber es liegt noch Lebenszeit vor dir, und so wartest du auf bessere Tage oder mögliche Entscheidungen. Du könntest die Arbeitsstelle wechseln, an einen anderen Ort ziehen, eine neue Familie gründen. Vielleicht tauschst du aber nur den Spiegel aus oder gehst an ihm vorbei, ohne hineinzuschauen. Die Zeit schreitet voran, und in gewisser Hinsicht hat das Alter der Hoffnung begonnen, auch wenn du eigentlich nicht mehr viel von deinem Leben erwartest. Doch weil du weiterlebst und weitermachst, erhoffst du dir immer noch fast alles.

Eines Tages fängt dich plötzlich ein Blick ein, oder jemand schaut dir unverwandt in die Augen. Vielleicht ist da eine Stimme, die dich anspricht und die du niemals zuvor gehört hast. Vielleicht ist es aber auch ein Lachen, weil du etwas gesagt, einen Witz erzählt hast. Wie lange ist es her, dass ein Witz von dir jemanden zum Lachen gebracht hat? Vielleicht ist es ja auch ein ganz bestimmtes Lied, das eine Brücke zwischen euch schlägt. Der andere muss nicht unbedingt den Ort kennen, an dem du geboren wurdest, nicht unbedingt etwas von deinen Eltern, deinen Kindern erfahren oder von den Männern oder Frauen, die in deinem Leben einmal von Bedeutung gewesen sind. Möglicherweise erzählt ihr euch, was ihr früher beruflich gemacht habt, aber vielleicht redet ihr noch nicht einmal darüber. Es ist auch gar nicht nötig. Ihr seid euch eine Oase, in der sich der Durst vieler Jahre stillen lässt.

Doch, sieh nur, eure Welt hat sich verwandelt. Mit einem Mal seid ihr wie zwei Schiffbrüchige, die auf einer unwegsamen Insel gestrandet sind. Ihr geht los und versucht euch einen Pfad durch das Dickicht zu bahnen, einen Pfad, der zunächst nirgendwohin zu führen scheint. Doch ihr geht weiter, und es kann sein, dass der eine immer wieder stehen bleibt, während der andere vorauseilt. Und wer weiß, mit ein wenig Glück oder einfach nur mit gutem Willen und etwas Zeit entdeckt ihr irgendwo eine Lichtung. Dort könnt ihr euch niederlassen, ohne groß Erklärungen abzugeben, ohne Bedauern zu verspüren und wenn doch, dann nur ein ganz klein wenig. Bis ihr vielleicht zu der Erkenntnis kommt, dass ihr, wenn ihr Seite an Seite weitergeht, doch noch aus diesem scheinbar undurchdringlichen Dickicht herausfinden werdet.

Gemeinsam gilt es, einen Weg zu entdecken, einen Weg zu gehen, der euch, wie auch immer, durch das Leben zu führen vermag, durch all die Zeit, die noch vor euch liegt. Ihr seid nun wirklich im Alter der Hoffnung angelangt.

Maria Barbal
Campanet, 11. Oktober 2021